著

種山記

山东城市出版传媒集团·济南出版社

种地 种山 种自己

"桃花源"里可耕田

驱车南行，经过济南绕城高速路与顺河高架路交会的立交桥，继续南行约两公里，看到一条向东的道路，路口指示牌示意，这里可以通往波罗峪以及天井峪。左转驶入，两边的绿树、旷野和山峦，很快遮蔽城市的拥堵和喧嚣，夏日的灼热仿佛冷静下来，让你顿时产生恍惚的感觉——那个你追我赶、不甘人后、旧貌换新颜的城市，究竟去哪儿了？

几乎很少路人，车辆稀稀落落。忽而看到一人坐在路边，面前摆着刚刚摘下的桃子，或者几把蔬菜、两个南瓜，没有叫卖，只有等待。沿着这条道路行驶，如果直行，很快可以到达那个叫"波罗峪"的景区。我寻思，"波罗峪"来自"波罗蜜"，即"金刚般若波罗蜜多经"，"波罗蜜"是"到彼岸"的意思——从热闹的城区出来，寻找万籁俱寂，邂逅空山夜雨，不就是为了让心灵"到彼岸"嘛！

我们行驶约五公里，在邻近一所小学的十字路口右转，路面新近整修，道路变窄，两车相错，需加小心。大约行驶三公里，到达凤凰岭村附近，就是心中向往的那处世外桃源了。世外桃源，可以说是"市外桃园"。眼前这个地界，刚刚离开市中区，原本属于历城区（后来归属"南部山区管委会"），可谓"市外"。关于"桃园"，就是开发商圈定的这个区域，山坡上和山凹处长满桃树，原本就是"桃园"。眼下正逢桃子成熟的季节，集市的价格十块钱四斤，这里的价格十块钱五斤。

还有另外一条道路，从山东大学中心校区出发，经过济南绕城高速与顺河高架路交会的立交桥，一直向南行驶，到达仲宫镇的商业街"上海街"，向东大约五公里，直接到达"桃花源"，全程大约三十公里。

准确地说，这个叫作"桃花源"的地方，位于凤凰岭村和王家庄南村之间。王家庄自然是王姓为主，虽不是真正的故乡，自己毕竟出于王氏家族，有些回归故乡的感觉——我的父亲出生于西营镇檞疃村，距此直线距离二十五公里左右。一个人的姓氏不能改变，印记不能改变，那里有你的密码，让你之所以是你。

这处世外桃源的发现者，是与我相交多年的赵重光兄。从 2010 年开始，他在南部山区寻寻觅觅，希望实现"耕读传家"的向往生活，最终选定这处"市外桃园"。我们之间可谓心有戚戚，他相信我也有同样愿望，于是邀我同行。我一眼看中开发商建成的样板房，同时租赁大约 400 平方米的土地，圈起院子，装修房屋，硬化路面，铺设水管，整地翻地，很快进入耕者角色。重光兄选定的房屋更高，院子更大，我们在"桃花源"成为前后邻居，一起劳作，共沐风雨，进入亲近土地、融入山区、享受自然的别样生活。

有时候，我问自己，究竟什么吸引了我？其实，那是因为不喜欢喧嚣的、嘈杂的、被动的、死板的生活；还有，对于辽阔的、神秘的、变化的、温润的，甚至残酷的大自然，我还没有真正亲近过呢！

南怀瑾先生在峨眉山闭关三年，这样形容自己：

> 我那时尽享清福，每夜的月亮都看得到，不管弯弯的眉毛月、半圆的月、圆满的月。看到上空都是蓝天，加上万山冰雪，四周上下整个水晶琉璃世界。尤其夜静更深，不要说人看不到一个，鬼也看不到半个啊。那是冷得很哦，冷到已经不知道自己冷不冷了。就在那个时候朗诵一声诗句，或者一声"南无阿弥陀佛"，整个大地好像都在震动。

选择此地作为"第二居所"，也是有些唐突。开发商的经营范围是观光农业，包括有机种植、农业休闲等，他们从农民手里租用土地，将土地租给客户；地上的建筑物，属于客户委托开发商建设，所有权归客户，看似产权明确，实则暗藏玄机。具体来说，土地属性、承包期限、出租期限、土地用途等，都是未解的问题。最终，"桃花源"终成幻梦，这是后话。

从选择这个地方开始，我就告诉自己，"桃花源"不是永远，只是过程，重在体验。面对各种疑虑，以及后来的风吹草动，甚至疾风暴雨，我再次告诉自己，做最坏的设想和准备，所有的投入变成损失，并非不能承受，经历就是收获。

毕竟，"桃花源"里可耕田。

于是慨然。

山 居 日 志

目录

001	小雪		秋分	061
007	惊蛰		霜降	067
013	春分		立春	073
019	谷雨		雨水	077
025	立夏		芒种	083
031	小暑		小满	089
037	处暑		夏至	095
043	白露		大暑	101
049	小满		立冬	107
055	立秋			

小雪

【小雪】插图设计师 张培源（山东）

小雪

农历十月初八,小雪之后。

周六这天,阴历初八,我和妻子前去仲宫镇赶集,然后赶赴『桃花源』。所谓『桃花源』,就是我们在济南南部山区的第二居所,种地栽树、听风沐雨、观星赏月的场所,自2011年入住,至今已经三年多了。

早餐

　　如今的早餐，我起床之后立即准备。

　　每天的早餐，如同正餐一样炒菜，入冬以来，或者炒萝卜、炒佛手瓜，或者炒小白菜、炒小油菜，还有苔菜和土豆，都是自己地里种的，岂不快哉！喝的一类，譬如玉米粥，自己种的玉米磨成玉米面，放入自己种的地瓜，岂不快哉！早餐的面食，妻子亲手制作，馒头和包子，或者大饼、小饼、馅饼，或者面包、蛋糕，甚至还有西式点心、牛轧糖、肉松，岂不快哉！佐餐的咸菜，妻子采摘地里的韭花，腌制韭花酱；朋友给的鲜姜，腌制姜片；小姨送来腌好的五香疙瘩，丰富得很，岂不快哉！

　　这样的早餐，也有吃腻的时候。今天早上，妻子特别想吃油条，我们就去济南二环东路西邻，这里有一家小餐馆，早餐有油条、馅饼、甜沫、豆浆、茶叶蛋等，店家实诚和气，食物美味地道。餐馆前面搭起临时餐厅，妻子进入室内购买甜沫，我在前厅购买油条。原本要买五块钱的，炸油条的师傅根据两人的食量，建议购买三块钱的。妻子端出两碗甜沫和两个茶叶蛋，我们坐在前厅就餐。妻子说：应该给你买大碗的甜沫。我也这么想，不过很快吃饱，真是"眼大肚子小"。剩余的油条，妻子放入食品袋，我们开车前往"桃花源"。

妻子自制的点心

仲宫集市买花生

赶集

日常操持农活，常用的农具首选铁锨，如今一个圆头铁锨前部开裂，需要购买一把新的；还有一把尖头的园林铁锨，铁锨的木把开裂，需要更换一个新的木把。集市南边就有农具销售区，一把铁锨二十五元，一个锨把十元，总共三十五元。锨把末端竟然刻有品牌名称，说明农具经营已经具备品牌意识。

集市转悠一圈。冬天这个季节，农民售卖的蔬菜多是萝卜、白菜，或者油菜、菠菜，还有地瓜和芋头，与我们自己所种、所收的作物相当。也有芹菜、菜花、卷心菜，应该属于大棚种植的作物。集市中央磨面的作坊，有人排队等待，生意火热起来。集市还有卖"茶汤面"的，小米浸泡之后，磨成细粉，现场炒制。还有炒栗子、炒花生的，这样的干果就地取材，集市销售，购销两便。妻子购买两斤炒花生，七块钱一斤；炒栗子一斤十三块钱，购买十块钱的。

山居日志 | 003

"桃花源"里小木屋

  天气预报告知，周六的气温在 0℃以上，周日降到 0℃以下，甚至 -6℃。这次前来，务必收获全部蔬菜，否则蔬菜就会冻坏。妻子收获全部十九棵大白菜，收割一些香菜，香菜特别密集，相当于"间苗"，就是将过于密集的秧苗疏松一下。地里还有白蒿、荠菜等野菜，与天气回暖有关，妻子采摘一些，属于额外收获。

  萝卜事先已经收获，如今储存在地里，妻子扒开泥土，取出几个。地瓜存放室内，同样取走几个。蔬菜一年间的收获，从五月初到十一月底，总共七个月。辛劳伴随喜悦，想起日本演员高仓健先生为有机农户所做广告——不用农药，就靠汗水。

  今天还有一个任务，就是挖出患病的冬枣树。昨天刚刚下雨，地里特别潮湿，使劲挖一阵子，发现树根埋得很深，挖出并不容易。于是取来手锯，锯断枣树底部的树根，得到树干和侧枝，留下树根，以后再挖。用小刀剥离树干上的树皮，树皮皲裂，裂缝可以下刀，难度不大。树皮剥下，得到光滑的树干。接下来，将树干及侧枝打磨光滑，准备一个有孔、有重量的底座，插入树干，放在家中，类似装置艺术，也是室内一景。

004 | 种山记

粪肥

　　下午回家，准备今天的第二餐，砂锅炖豆腐、清炒白菜海米等。饭后，接到小姨的电话，她和小姨夫正在济南动物园，收取动物的一些粪便，作为我们种地的肥料。如果我们现在开车过去，他们就不用往家里折腾，由我们直接弄走。我马上穿好衣服，妻子随我同行，顺便带上给小姨的南瓜、红茶，下楼开车，直奔济南动物园。

　　按照小姨所说的位置，在动物园南门外面，路边有六个大小不一的袋子。我们等了大约十分钟，他们两人从动物园匆匆出来，小姨提着一个袋子，小姨夫拉着一个折叠车，车上堆着四个袋子，都是动物粪便，据说还有大象的粪便。我和妻子担心粪便溢出，重新扎紧口袋，放入汽车后备厢。随后，我开车送小姨回家，小姨夫骑电瓶车返回，大家在小区门口会合。四人聊天之后，我和妻子开始返回。周日晚上，车辆最多，平日二三十分钟的车程，回家用了一个小时。

小姨夫前来干活

山居日志 | 005

惊蛰

农历正月十七,惊蛰过后。

周六这天,我们上午九点出发,前往『桃花源』。

新的种植季,从今天开始。

大水缸里常蓄水

清理

　　清理院子里的杂草，清理干枝乱叶，堆到一起，点火焚烧。这些杂草干枝，包括覆盖过冬作物的玉米秸，以及四处生长的各类杂草。剩余的灰烬，就是"草木灰"。植物生长需要的矿物质元素，草木灰中几乎都有，含量最多的是钾，其次是磷。草木灰属于来源广泛、成本低廉、养分齐全、肥效明显的农家肥，还有防虫、治虫的作用。韭菜、大蒜遭到害虫侵蚀，叶子上面撒草木灰，可以防治根蛆成虫；根部撒草木灰，可以防治根蛆幼虫。

　　土地渴了，作物渴了，需要"返青水"。入春之后气温回升，田间蒸发量大，旱情发展迅速，作物需要大量的水分滋养，此时浇水就叫"返青水"。

　　园区用水，首先需要储存在蓄水池，池水经过地下管道，从水龙头流出。因为经常停水，于是水缸储水，便于随时取用。给大蒜浇水，绿叶已经挺直，可以更加挺直；给韭菜浇水，几乎不见绿叶，需要促其苏醒，让其很快见绿；香菜急需浇水，此物过于柔弱，过于密集，需要强壮起来；苔菜属于"水菜"，浇水必须及时，给水就能生长。

阀门

周六归来，周日并未打算再去。

晚间上床，躺下睡觉，妻子突问：阀门关了吗？我略想一想，回答：没关。

按照以往规矩，离开"桃花源"的时候，必须关掉水的总阀门，防止漏水事故。上周，我们前去"桃花源"，因为蓄水池出现问题，无法用水，所以防止漏水的意识不够强烈。这次前去，因为水压过低，加之屋子地势高，院子地势低，导致院子的水龙头有水，室内的水龙头无水。我不能断定，室内的水龙头是否关闭；我几乎可以断定，总阀门没有关闭。如果园区晚上用水减少，水压上升，水量充足，室内水龙头可能出现漏水现象。

我和妻子决定，周日早上，再赴"桃花源"，关闭总阀门。

第二天一早，我们到达"桃花源"，来到自家院子，进入室内，发现厨房水龙头下面正在漏水。仔细观察，水龙头下面的三通阀门损坏，导致漏水。三通阀门控制厨房水龙头，因为冬天温度过低，阀门断裂，出现漏水现象。我卸下三通阀门，重新连接两条管子，解决漏水问题。临走的时候，关闭供水总阀门，反复察看，这才离开。

豆角起舞弄身影

买树

周日这天，农历正月十八日，正逢仲宫镇的集市，我们处理完成水龙头问题，开车前去集市购买树木。

选择树木，一选品种，自家院内没有的，譬如山楂、樱桃；二看树苗粗细长短，粗壮说明年份，短些便于运输，可以放在汽车后备厢。看到一棵粗细合适的树木，不知什么品种，上前询问，卖主说是枸杞树，我心生喜欢。这棵小树看似枯干，部分树皮剥落，卖主告知，枸杞树就这样子。周围有人帮腔，强调此树极易成活，显然有所夸张。也有看似明白的人，说这树年份不少，原本靠墙栽种，所以一侧没有枝杈。于是，并未讨价还价，八十元成交。

来到集市，顺便购买蔬菜。一位老大爷摆摊卖小油菜，他说自己种的，属于无公害蔬菜，别人一斤一块五，他卖两块，事先摘下不好的叶子，分组排列，特别规整。我们购买油菜，老大爷称重的时候，妻子摘下一个小叶片，老大爷重新拾起，放进袋子，问：怎么不好？我心里清楚，只有亲手种植的蔬菜，才会这般珍惜。我们对待自己种植、收获的蔬菜，珍惜每一片叶子，也是这个态度。

从集市返回"桃花源"，急忙栽种枸杞树。选取栽种冬枣树的位置，现成的土坑，解开编织袋子包裹的枸杞根部，将树根放入土坑，填土浇水，水落下去，继续填土，再度浇水。

屋头初日杏花繁

一盘蔬菜最清新

做饭

饮食滋味，不能只有蔬菜。返程路上，前往农贸市场。

之前，在美国留学的儿子与我通话，说到猪的杂食，建议少吃猪肉，多选牛肉、羊肉。市场有一卖家，在此经营多年，摊主是面善的中年女人，来自山东菏泽，如今儿子、儿媳也来帮忙。于是，购买牛肉肋扇，用来炖煮；购买牛的里脊肉，炒菜使用，或者制作牛肉丸子。

大块春笋，也是应季食材，于是购买春笋，以及莴苣、灯笼椒。摊主是秀气的南方女人，她问我们，是不是经常前来购买紫豆角。又说，最近很少见到我们。妻子解释，自己种菜，近期很少过来购买了。

多日不吃米饭，我突然想吃。回家之后，妻子焖上米饭，高压锅烧牛肉，然后用牛肉汤炖土豆。凉拌莴苣丝，放入一个灯笼椒，绿的、红的，颜色搭配。洗净莴苣叶，花生油炒面酱，莴苣叶蘸食面酱，别有风味。我们两人吃饭的时候，已经下午四点了。

山居日志 | 011

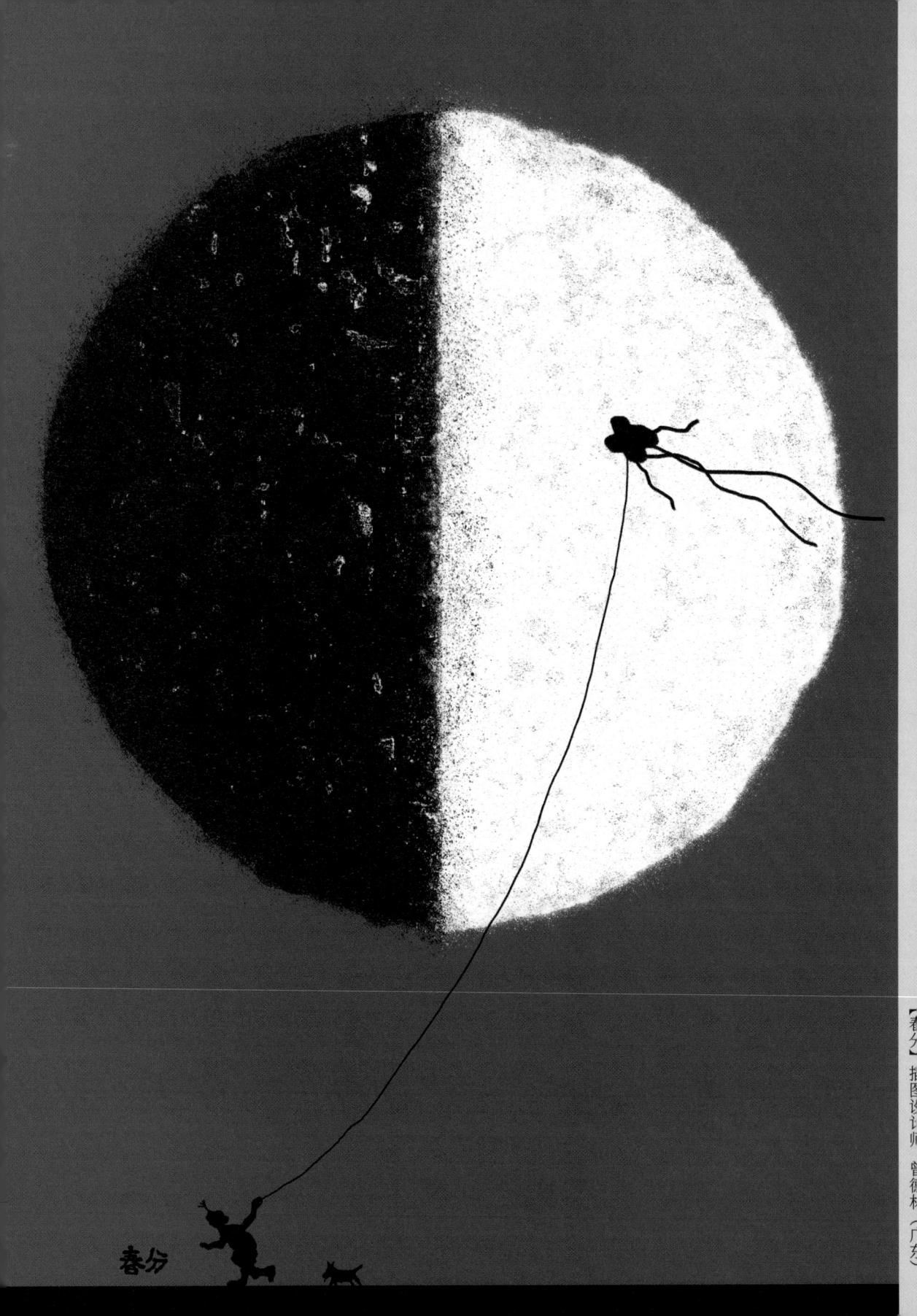

春分

农历二月初二,正值春分。

周六这天,「龙抬头」的日子,我们前往「桃花源」。郭玲、孙哥、徐征、刘冰等几位朋友,今日同来。

统筹

朋友前来帮忙的时候，妻子负责统筹，一边安排大家干活，一边回答大家提出的问题，关于作物、季节、种植方法等，大家总有许多疑问，妻子往往能够解释。譬如，开黄花的是迎春花还是荆条，这块地种什么、那块地种什么，香菜事先育苗还是直接播种……

对于乡村生活和作物种植等，妻子知道很多。这源自她的经历：小时候随着父母工作的地质队，长期在乡村生活，熟悉大自然；母亲擅长女红，父亲喜欢烹饪，自小受到影响的她，早年的编织、绣花、裁衣服，近年的烘焙、西点、做面食，都不在话下。2011年来到"桃花源"，我们开始种地、种菜，她的认知得到实践，加上用心做事，一丝不苟，确实具备"土地主人"的意识和能力。

今天劳作，妻子先是陪同朋友一起挖野菜，获得荠菜和白蒿；再配合朋友翻地，一边翻地，一边培土；然后筹划种植的品种和区域，合并两小地块，去除中间的土垄，准备栽种三行土豆，增加土地利用率。土豆本身作为种子，已经育苗十天——泡沫箱子铺上干草，平放土豆，覆盖透明塑料布，时常喷水，保温保湿，促使种子尽快发芽。

妻子和弟妹在后山

两位朋友来翻地

翻地

朋友郭玲干活不惜力气，重活累活往往是她的首选。

郭玲今天的目标，就是南侧围栏外面的地块。那里原本多是碎石，之前请挖掘机师傅帮忙填土，形成可以耕种的地块，利用率只有三分之一，还有三分之二未曾开垦。郭玲希望完成这个区域的翻地工作，从而扩大种植面积。所谓翻地，一般先用铁锨翻土，然后敲碎土块，平整土地。这里不同，先要搬走石块，最后才是平整土地。我开玩笑说：从事农业劳作的"长工"，已经具备土地"主人意识"了。搬运石头的工作，我和朋友孙哥上前协助。回填泥土的工作，孙哥作为主力，从邻居那里借来一辆小推车，取土、装土、送土、填土。

朋友徐征与我们同住一栋楼，原本并不相识，她是郭玲的朋友，今天随同前来了。郭玲带来一盆正在发酵的面，阳光下继续发酵，还带来储存已久的槐花，配上地里的大葱，准备用电饼铛制作槐花饼，徐征负责制作。

地里的荠菜吸引了徐征的注意，午饭之后，她单独出去，下午五点，尚未返回。后来得知，她被前面小院的荠菜吸引，乐不思蜀了。前面小院属于邻居程大哥，平日院子并不锁门。程大哥近期来此频繁，浇水较多，野菜茂盛。徐征返回的时候，手里的小筐满是野菜。挖野菜的乐趣，干农活的新鲜，躺在草苫子上晒太阳的温暖，让她感叹：这里真好！

山居日志 | 015

木屋相邻是大山

做饭

　　乡间炊事，点燃柴火炉，先烧水，后做饭。我承担烧火工作，燃烧杂草、树枝、玉米秸等，产生的草木灰属于钾肥的一种。劳动间歇喝茶，妻子取出自制的点心，有奶油饼、鸡蛋饼、咸麻花、甜麻花等，引来大家的一致赞叹。我一边烧火，一边过去喝茶。炉膛里的玉米秸一直烧着，因为枝干太长，掉在地上，燃着地上的干草，引起一片火苗，于是大家赶紧上前灭火。

　　孙哥依然是厨师，今天带来丰富的食物：红烧鲅鱼，昨日已经煎好，入锅即可；萝卜烧腊肉，腊肉是他春节从贵州带回的，葱、姜、辣椒烹锅，放入腊肉和萝卜片；荠菜鸡蛋木耳汤，木耳早就发好，地里采摘荠菜，每人一碗分食。我们带来卤猪肉，猪肉切片，也是一个小菜。孙哥询问上次吃过的煮咸菜，妻子表示，这次没有带来，下次一定想着。

016 ｜ 种山记

高处俯瞰"桃花源"

变化

午饭之后,两点左右,我拎着相机,四处走走,观察园区的变化。

联排和双拼别墅正在建设,共计三十户,十几户已经建成。一处老院子更换主人,询问得知,原来的主人售房,别人购买二手房入住了。园区尽头一处院子,不见人影,据说本是子女给父母购买,如今无人居住,满是荒芜。

还有一户,院子很大,院内设施很多,据说属于园区投资者,投资没有获得收益,得到这处院落,正在扩建大门,增加院内设施。院内可以耕种的土地不多,又在院子外面开辟种植区域。偶尔有人来过,基本不见人影。

园区入口,设有可称"会所"的场所,提供喝茶、吃饭的方便。就餐区域,一位妇女正在收拾残汤剩饭,刚刚接待客人了。"会所"北侧,鱼池正在施工,挖掘一个大坑。大坑北侧,正在建设温室大棚,建造大棚的土墙,用两块木板夹住中间泥土,填充累积,类似"干打垒"的筑墙方法。继续往北,已经建成三个大棚,一个种植西红柿,另外两个覆盖地膜,正在育苗。

走走看看,"桃花源"有所规划,规模有所增加,人气正在上升。园区正规起来,正在加强管理。外来的人,包括放羊的,经过这里下地干活的,以及顺手取物的孩子,相对少些了。

山居日志 | 017

谷雨

农历三月初六,谷雨之后。

周五这天,我们前往「桃花源」。随后,在这里度过两个夜晚、两个白天,周日返城。

黄菊已花红柿熟

傍晚

周五傍晚，我们到达"桃花源"，尚未天黑，可以观察景致——土豆冒出地面，大约半指高度；柿子树上挂满花蕾，小小花蕾有蜡一般的质地；葡萄树很是繁茂，从根部到顶端，总有绿色点缀；草莓生出花朵点点，煞是好看；豆角大多出苗，随后安装攀爬的架子；韭菜特别鲜嫩粗壮，现在可以割取，包顿饺子了；小水萝卜和小白菜都有出苗，前者出苗更多，后者少许，需要时间和水分；茴香苗也有出苗，嫩叶看似特别柔弱的样子；两棵佛手瓜，一棵低而丰盈，一棵长而瘦弱，不知未来谁更强壮。

谷雨已过，温度明显升高，必须继续抓紧种植。周五晚上，我和妻子挑灯夜战。大姜、洋葱、丝瓜、秋葵、南瓜等，当天晚上就种植了。丝瓜需要每年更换位置，据说此物不能重茬种植；大姜作为种子冒出嫩芽，就可以栽种了；秋葵生长起来，需要较为宽大的空间，栽种的时候必须注意；种植南瓜，也要考虑足够的蔓延区域。随后，还要播种玉米和大豆，相应的地块需要平整，充分做好种植准备。

晚上十点，准备阅读钱理群先生的《我的精神自传》，或有实用价值的《节气与农业种植》。没有料到，自己上床后马上入睡，一觉到天亮。这是劳动之后的深度睡眠。

一天

周六早上，六点起床，先用高压锅煮上小米粥，就到院子里干活去了。

屋后堆积的木柴，全部移到一角，尽量占据较小的空间。屋后还有一个化粪池，我尝试着将盖子打开，考虑如何将粪肥利用起来。葡萄架下的葡萄枝，主干左右伸展，通过向上引导，加以固定，便于向上生长。刚刚出苗的作物，稍稍淋水，不能大量给水。

准备播种玉米的地块，遍布大量野草，需要锄草，然后翻地，捡拾碎石，去除地下害虫，最后实施播种。根据妻子的计划，今年的玉米种植，先后分为三次，每隔十天播种一次，延长玉米的收获周期，随时可以吃到新鲜玉米。

周六这天，从早上六点到晚上十点，我们一直忙碌，没有片刻轻闲。晚上躺在床上，并未马上入睡。疲劳有助入眠，看来并非规律。我给海外留学的儿子发短信，配发妻子翻地、播种的照片，写道：晚上十点，刚刚收工，种植玉米、秋葵、南瓜、丝瓜、姜、豆角等，明天继续春种。儿子回复两个字：甚好。

杏树木屋相映衬

妻子很喜欢这里

早上

　　周日早上，六点起床，我整理院子东侧的地块，去除碎石，平整土地，准备种植。

　　早饭之后，大约十点，我们前往仲宫镇的集市，购买所需的秧苗。一个四十来岁的男子，动作利落，言语清楚，摊位上摆放的秧苗齐整。于是，在此购买秧苗，包括二十棵黄瓜、十二棵水果黄瓜、二十棵西红柿、二十棵辣椒、十棵茄子、四棵苦瓜、一棵甜瓜。关于甜瓜的种植，卖主介绍，甜瓜长出四个叶片，马上去掉，再长出四个叶片，还是去掉，随后生长出来的叶片，任其蔓延。

　　在其他摊位购买二十棵小西红柿秧苗、十棵卷心菜秧苗，接近十点返回"桃花源"。邻居大哥提醒，现在接近中午，不便此时栽种，先将秧苗放到室内，淋上清水，保持秧苗的湿润，傍晚栽种。下午五点，我挖土坑，然后灌水，妻子插入秧苗，依次种下西红柿、小西红柿、茄子、辣椒、苦瓜、卷心菜等。

就餐

两日四餐，三次简餐，一次聚餐。

周六早上，我用高压锅煮粥，还有带来的牛肉蒸包。院子里摆放小圆桌，我和妻子及重光兄共同用餐。重光兄既是我们在这里的邻居，也是共同谋划"耕读生活"的朋友。周六下午一餐，接近晚上时间，来到重光兄屋里就餐。菜肴有香椿芽鸡蛋、拌菠菜、香肠；主食是重光兄带来的烧饼；他还做了甜沫，里面有花生、菠菜、豆腐皮。我们一边聊天，一边吃饭。周日早餐，重光兄加热甜沫，妻子热了蒸包，三人一起吃饭。匆匆吃完，我和妻子前往集市购买秧苗，重光兄随同王英大哥回城了。

周日上午，一次聚餐。朋友郭玲、孙哥以及刘冰、大张上午来到，他们立马动手包饺子，饺子有素馅和肉馅的两种。鸡蛋来自附近的养鸡场，妻子刚刚购买回来；韭菜取自院内的土地，十分新鲜；郭玲、孙哥带来泡发的木耳，还有擀面杖和盖垫；刘冰带来烧鸡和黄瓜，现成的菜肴。饺子作为主食，同样可以视为菜肴，所谓"饺子酒"。

我们六人一起饮酒，边吃边聊。山景相映，清风吹过，如东坡居士所言："惟江上之清风，与山间之明月，耳得之而为声，目遇之而成色，取之无禁，用之不竭，是造物者之无尽藏也，而吾与子之所共适。"

风中摇曳的高粱

山居日志 | 023

立夏

农历三月十二,立夏之前。

周四傍晚,六点左右,我们前往「桃花源」。

接下来,周五、周六、周日,即「五一」节的三天假期。

这个假期,在此两天两夜,翻地、种植、浇水、拔草,不胜忙碌。

浇水

周四晚上，我们戴着头灯，着重浇水，同时观察作物生长情况。因为双手浇水，或者双手拔草，晚上干活，头戴顶灯非常方便。

黄瓜、茄子、辣椒、苦瓜、西红柿等，秧子挺拔，长势不错。土豆最为强壮，已经全部出苗，高度达到三十公分。甜瓜新生两个叶片，正在成长。西红柿活了两棵，病了两棵，死了一棵。十几棵卷心菜一半挺拔，一半萎缩，可能与栽种的深度有关。

这个春天，供水基本有所保障，与重返园区工作的张大哥有关。他人很勤快，工作认真，发现缺水，就去调整蓄水池的开关。蓄水池分为两个池子，可以调整供水。园区的道路、会所、钓鱼池、大棚等建设，明显有所进展。有欲购房者前来看房，陪同的人告诉他们，园区新近规划了广场和停车场。果真如此，值得庆幸。

妻子给小苗浇水

向日葵尽情绽放

翻地运土的朋友

翻 地

放假第一天，周五上午，我重点平整院子外面的南侧地块，开垦种植区域。

这个地块，原本西高东底。西边的土堆，来自挖掘机的填充；东边低洼缺土，原本颇多大石块和碎石头，去除石块和碎石，需要填充泥土。最初，孙哥借了邻居的推车，从院子外面运土过来，起到填充作用。今天，我挥动铁锨，采取"翻地平整法"，翻地结合填土，将西边的土送到东边，起到平整作用。这种劳作，右臂特别用力，中午时分，地块基本平整，我的右臂已经吃不上力了。

虽然尚未立夏，但正午阳光照射，天气太热，于是午休。下午三点，我和妻子前去购买地瓜秧子。离此不远的路上，有人专门育秧。地瓜有老品种、新品种之说，老品种容易被地蛆侵蚀，结出的地瓜丑而多病，应该购买新品种。地瓜秧子一百棵二十元，卖秧的农妇多给一棵，妻子讨要，又给两棵。

我们手握农具干活，需要注意对手的保护。去附近超市，购买涂有保护层的手套。路上，妻子观察农民栽种的地瓜，行距大概六十公分，株距大概二十五公分，留有足够的生长空间。我们准备回去之后，如法炮制。

山居日志 | 027

听书

周五夜间，听到下雨的声音，似乎不小，就有窃喜，晚上刚刚栽种的地瓜有福了。

山上没有电视信号，借助手机听书，成为主要的消遣方式。最近听书，我刚刚听完李野墨先生播讲的《笨花》，铁凝女士的长篇小说。《笨花》以向氏家族为主线，以向中和、向文成为主角，描绘清末到二十世纪中叶的风云变幻。人物丰满，视野开阔，质感鲜活，价值观富有高度。李先生娓娓道来，竟然替代阅读了。

还有吴荻先生的评书《西游记》，兼收《西游记》证道本、《西游记》原旨本、《大唐西域记》等内容，以说书人、宗教学者、教师、古典文学研究者的身份，呈现前所未闻、天下无双的《西游记》。吴荻先生自述："1974年生于京，自幼随先外大父明善公临池习字，喜翰墨，好丹青，乐琴书，嗜梨园，说书亦其好也，无意求成亦无所成，聊以自娱耳。"其实，吴荻先生赋予评书新的生命，绝非戏说，而是注入许多人生哲理，被粉丝誉为"跨界大咖，传承中国文化"。

夜雨

周六早上，雨水变小，并未停止。

新的秧苗，如同新生婴儿，需要阳气充沛，也要雨水、潮湿等阴力相助，只有阳光直射，很快就会枯萎。之前没有出苗的西葫芦，已有三棵挣脱土地的束缚，展出新绿。几周之前埋入地下的芋头，伸出尖尖的触角，露出地面。妻子种下的秋葵，出苗迹象很是明显。不太精神的小西红柿，渐渐挺拔起来。一部分略有萎缩的卷心菜，恢复元气了。雨水的加持，阳光的力量，真是惊人啊！

阴雨天气，不能干活，我和妻子决定返城。返程路上，前去"姊妹书画店"，取回装裱的字画。两幅国画，出自师兄陈天豪笔下。一幅《三阳开泰》，四尺三开，师兄赠我。三羊形态各异，中间稳稳站立，气定神闲；左边卧着，温和可爱；右边仰首向天，似有不羁。还有一幅《仙鹤祝寿》，仙鹤独立，逸笔草草，题字"王骞敬恭，拂尘天豪笔，恭祝恩师李骅先生乔迁之喜"，送给我们当年的大学老师李骅先生。

断言

放假第三天，周日早上，我们和重光兄共赴"桃花源"。

如今信息传播发达，不断听到各种议论，判断也难。路上，与重光兄说到时政和社会，想到评论家李敬泽先生的一句话：我们这个时代的轻浮，就是太敢断言了。

后来到网上搜寻，李敬泽先生的表达，大概如下。"有些问题我们太着急了！我们这个时代的轻浮，就是我们太敢断言了。我们喜欢说什么要完蛋了，什么要开始了，咱才经过多少事儿啊！说从此文化不一样了，人性不一样了，人类也不一样了，哪有不一样？我们现在确实有一种新症，容易亢奋，今天说文学要灭亡了，明天说新的时代来临了。我们会看到变化，但是不要动不动就去预言。"

作物的生长，天天看到变化，不敢断言结果。

雨水助力，玉米已经出苗，地瓜秧子特别精神。因为雨水，屋里凉爽，温度低于室外，很是舒服。中午，妻子感到饥饿，动手和面，放入韭菜、鸡蛋，电饼铛加热，制作菜饼。下午，妻子割取韭菜，采摘白蒿、婆婆丁等野菜；我架上梯子，折下一枝一枝的嫩香椿芽。下午三点，我们开始返回城里。

冬季收露天菠菜

山居日志

【小暑】插图设计师 黄河（安徽）

小暑

农历六月初三，小暑之后。

周六早晨，七点左右，我们和儿子一起前往『桃花源』。儿子今夏回国，这是第三次共同前往。

海外归来的儿子

儿子

　　我们刚刚到达"桃花源"，儿子急忙拿着相机，记录这里的生活，放羊人、大水池、小狗、木屋、简易厕所等，一一进入他的镜头。

　　儿子从美国回来，在这里干农活，在这里过夜，开始表示对这里的好感。一方面，"桃花源"发生较大变化，更加正规、洁净、美观；另一方面，更重要的，儿子的心态发生变化，包容性增强，愿意亲近自然，向往绿色，甚至关注绿色食品和有机蔬菜了。

　　随后，儿子剪黄瓜、剪茄子、摘西红柿、摘辣椒、剪丝瓜、摘苦瓜，体验收获，也感受农人的劳作。刚刚购买的喷水壶，喷嘴可以旋转，或正向或反向，甚至可以拆卸下来，形成正喷、反喷、水流三种出水方式。儿子用喷水壶给作物浇水，感觉新鲜，也是快乐。

　　据徐皓峰先生介绍，于承惠先生说过，农活养成好手感，比健身房、拳击馆里更先进的体育器械，是中国农具。农民有高手素质，但为何还被欺负，因为没开思路，一遇非常，吓得不知道用。

葡萄架下可观山

劳作

夏日雨水充足，作物生长迅速，需要及时采摘。

我们一起采摘，收获十六根水果黄瓜、十根绿黄瓜、七个茄子、五个苦瓜、一批豆角、一批芸豆。妻子感叹：这么多芸豆，蒸包子吧！

一棵丝瓜攀上露台的架子，另一棵丝瓜攀上葡萄架。攀上葡萄架的，还有葡萄、冬瓜和佛手瓜，这些作物极有可能缠绕在一起，你中有我，我中有你。两棵最为肥壮的南瓜，借助露台，就要攀到房顶了；院子围栏外面，还有三棵南瓜，果实已有乒乓球大小了。还有叫作"瓠子"的作物，其实属于瓜类，已经攀上围栏。西瓜并未专门种植，大家吃西瓜遗落的种子，意外收获三株正在生长的西瓜。

"头伏萝卜二伏菜"，这个时节可以种萝卜了，因为土地过于潮湿，没法翻地，不便种植，留待他日。地瓜长势很好，应该及时"提秧"，不让蔓延出去的秧子入地扎根，今天没有时间，留待他日吧！

移树

所谓"移树",就是房子西侧的一棵花椒树,当初自行生长出来,如今拇指粗细,需要换个地方生长。据农民说,农历六月,就是移花椒树的季节。今天是六月初三,前日下雨,如今雨后地湿,便于移栽树木。选择院子外面东南角的位置,这类枝干有刺的树木,可以起到阻止闲人的作用。花椒树的枝干多刺,我小心提着,妻子在下面扶着,儿子用铁簸箕运土,倒土浇水,三人合力完成移栽。

儿子特地带着"宝丽来"相机,安排我们两人抱着蔬菜筐子,准备为我们留影。他首先拍摄一张荷花,发现照片曝光过度,于是调整相机拍摄参数,针对光线的变化,再给我们拍摄。照片显影的时间,大概需要二十分钟,尚未等到影像显现,我们就开车上路了。路上,儿子发现照片显现影像,顶部曝光过度,断定属于底片的问题。他原本在美国的实体店购买底片,底片取自冰箱,处于低温状态。这套底片来自国内网购,对方发货过来,也许底片本身出现问题。

山楂红了的时候

采摘蔬菜送朋友

送菜

给人送菜,也是一种快乐!

返程的时候,首先联系妻子的朋友黎莉姐,她还在医院上班,刚刚准备返回,安排女儿下楼接菜。我和妻子到达的时候,她的丈夫侯明站在楼下,给他黄瓜、茄子、辣椒、秋葵、豆角、芸豆等。侯明说:你们的芸豆特别好吃。

联系我的朋友丁汝鹏兄,他给女儿收拾新婚的房子,让我将蔬菜放到门卫那里,告诉门卫,收菜人是四号楼304房间的老丁即可。

回家之后,准备晚餐,包括凉拌茄子、拌西红柿、炒芸豆、炒苦瓜、炒黄瓜辣椒、西红柿鸡蛋汤,所有蔬菜来自"桃花源"。晚饭之后,继续归整蔬菜,看到数量依然很多,包括豆角、芸豆、辣椒、黄瓜、茄子等,电话联系刘冰,她答应随后来取。

今天的收获分成四份,我们只要其中一份,足够日常生活。一周之内,还有蔬菜可以收获。儿子劝说我们,可以少种一些,减少一些劳累。不过,拥有可以种植的土地之后,我们已经具备农民的心理,就是不想让地闲着,希望收获更多。好在蔬菜可以送给朋友,虽然忙碌,也是一种快乐了。

处暑至，暑气止，秋意临

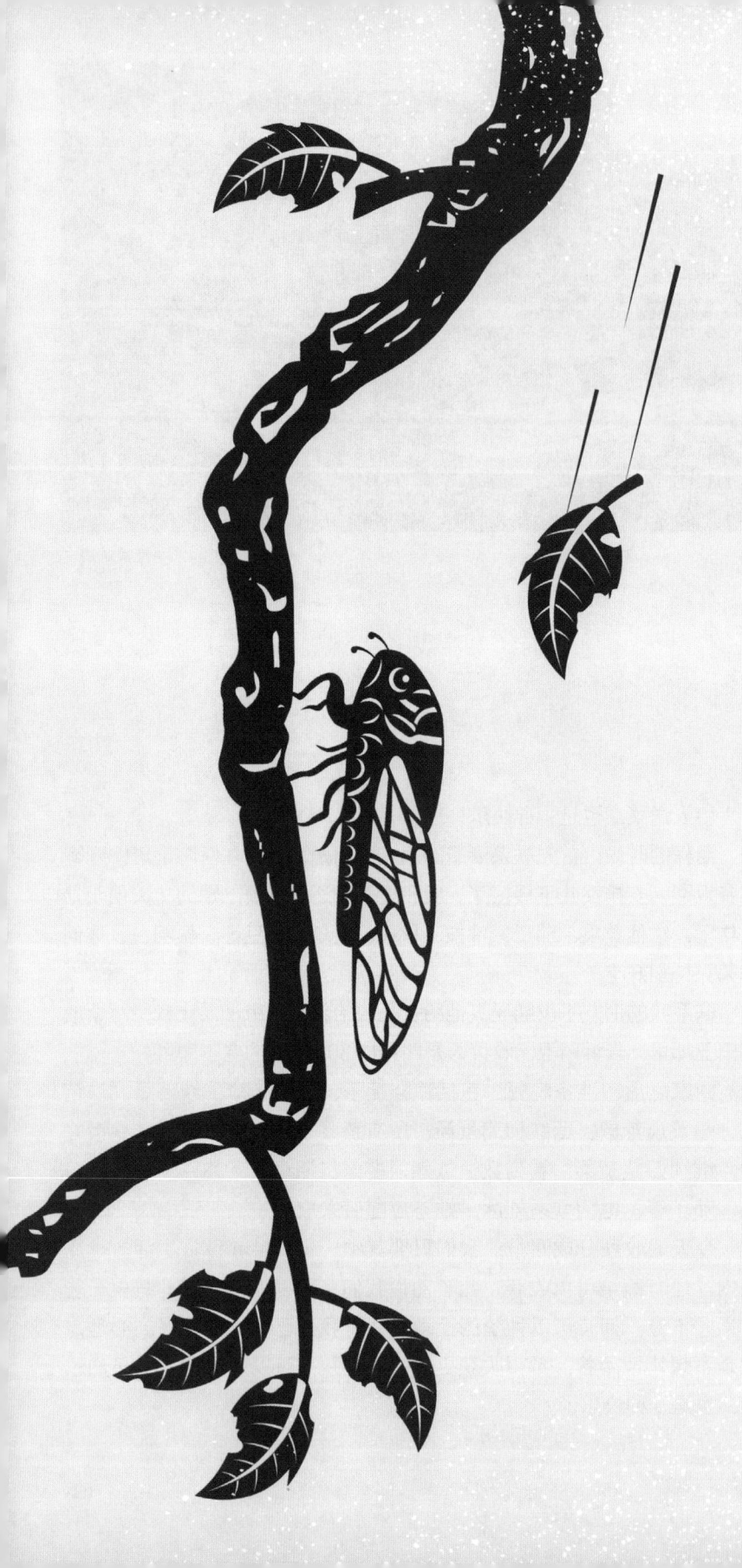

处暑

处暑

农历七月初九,处暑之前。

周六上午,陪同母亲前往「桃花源」。

周六下午,我和妻子再度前往「桃花源」。

弟弟陪母亲前来

母亲

　　周六早上，突然接到弟弟的电话，说母亲希望出去走走，我急忙开车过去。按响门铃，母亲过来开门，弟弟也在。我问母亲：想去哪里？母亲回答：去你那里看看吧！

　　母亲所说的"那里"，就是"桃花源"，之前带她去过。弟弟有事去忙，我扶母亲下楼，开车上路，九点到达"桃花源"。重光兄正好也在，通过他家屋子后窗，看到我带母亲过来，急忙询问：需要做饭吗？我告诉他：中午就带母亲回去。

　　看到院内种植的许多作物，母亲感觉一切新鲜。母亲认得辣椒、茄子等蔬菜，不能通过叶子辨认正在生长的地瓜，没有见过紫色生菜，感觉十分新奇。母亲一会儿进入屋里，一会儿来到院子，几番进出，四处察看。

　　我开始烧水、洗碗，准备泡茶。母亲表示，自己不用喝水。母亲个性鲜明，向来不愿麻烦别人，也有不必要的客气，有时容易委屈自己。母亲年老之后，有些精神恍惚，此时提出的问题，也是东一头西一脚。母亲说到施肥，刚刚告诉她使用牛粪，接着询问怎么弄来马粪；看到作物结出的新鲜果实，母亲有所惊喜，突然说到自己腿不好、肚子硬，应该是有病了。

　　十点之后，母亲问我：什么时候回去？显然，母亲还是在家才能安心，出来只是短暂"放风"。我说：什么时候回去，你定。大概十点四十分，我和母亲离开"桃花源"，开始返回了。

冬瓜

周六下午，我和妻子挂念作物的果实，再度前往"桃花源"。

收获一个冬瓜，十分惊喜，长度六十余公分，重量二十一斤。当初并未种植冬瓜，后来突然发现，靠近房屋的地方，铺就白色石子的道路旁边，生出新的秧苗，看似瓜类的叶蔓。妻子提醒注意保护，不要踩着秧苗，究竟什么瓜类，成长起来就知道了。

有心栽花花不开，无心插柳柳成荫。秧苗天天长大，开始向上延伸，随后攀上西侧围栏，叶蔓看似南瓜，只是不能断定。等到生出小小的果实，哇——是冬瓜了。随后，冬瓜一尺长了，渐渐长到枕头般大小，最后特别粗大，看似不易搬动。今天，妻子决定收获，我用力剪断冬瓜的枝蔓，双手抱起，就想：这么重啊！

还有几个冬瓜，依然继续生长，躺在地面一个，挂在围栏上部一个、中部一个，倚在围栏底部一个。特别担心围栏上部的冬瓜过大、过重，可能导致围栏倾斜。类似的情形曾经发生，去年葫芦挂满围栏，突遭大风大雨，双重力量发生作用，西侧围栏整体倾倒，竖立的金属桩子受到强大外力，底部脱离地面。后来，我和妻子加固围栏，对于脱离地面的桩子，只是搬来石头，堆积压住桩子底部，起到临时加固的作用，并未使用水泥沙子加以固定，围栏依旧存在倾倒的风险。

一叶落知天下秋

楼梯

　　房屋前面有木质楼梯，踏上楼梯，就是进入房屋的通道，使用四年，几经风吹雨打，木头开始腐朽。

　　今天，我决定自行拆下楼梯，看个究竟，修理一番。木质楼梯共有五层台阶，中间台阶的平板开始活动，支撑平板的两块竖立的木头，因为雨水侵蚀和长期践踏，出现腐朽现象，特别是左侧的支撑板，已经完全腐烂。如果更换新的支撑板，需要尺寸合适的木质三角形，眼下无法获得，只能临时解决问题。

　　笨人就用笨办法，我找来一摞方砖，放在平板下面的中间位置，起到支撑平板的作用。一层宽大台阶的平板，原本由三块窄板组成，依次向外排列，如今借助小木板进行连接，三块合成一块平板，平板放到方砖上面。平板前面，还有竖着的挡板，平板和挡板形成倒"L"形结构，通过钉子加以固定，相当于将倒"L"形扣在方砖之上，脚踩上去，更加稳固。

　　总之，垒砖块、锯木头、砸钉子，总算完成楼梯改造，至少可以使用了。所谓木工，学到一点儿了。

小木屋冬天闲置

葡萄架上碧云天

毛豆

周六傍晚，抓紧收获一批毛豆，天就下雨了。

毛豆本名黄豆，新鲜连荚的叫毛豆，晒干之后称黄豆、大豆。妻子将毛豆拿到室内，一一摘下豆荚。饭后，妻子继续摘豆荚，我特地留下一棵，准备带回城里，让小侄女看看毛豆生长的样子。城里的孩子，想必从未见过，一定觉得新鲜。

毛豆遭到虫子的侵蚀，多数不够饱满，还有很多霉斑。我们种植的毛豆不曾打药，不曾施肥，完全自然生长。自然的力量足够强大，但是自然并非能够抵御天敌，也难以抵御后天的灾难。那些完美的毛豆背后，究竟还有怎样的人工干预，我不知道。

妻子处理一部分豆荚，仔细去除有虫的、干瘪的、霉变的，用水洗净，豆荚两头剪开小口。我点火烧水，清煮毛豆，放入花椒和盐，很快出锅。下午清理作物，扯下枝蔓，发现上面几个小瓠子，不忍浪费，此时清炒，又是一菜。还有妻子自制的烙饼，带来的青岛啤酒，有酒有菜，晚餐齐备了。

【白露】挂图设计师 梁křiž（北京）

白露

农历七月三十,白露之后。

周六早上,七点左右,我们前往「桃花源」。二环南路道路维修,行驶不便,我们继续西行,由济南英雄山立交桥转向南去,经过103省道,来到「桃花源」。

收瓜

秋天，也叫"瓜秋"，是收获瓜类果实的季节。

今天收获大冬瓜一个，长度有六十公分，挂在围栏上部。这般大小的冬瓜还有三个，两个悬挂在围栏，一个卧在地上，长度都有六十公分左右。

意外收获南瓜一个，大约五十公分。我在露台前面收拾地面的草莓，一不小心，将露台网子上悬挂的南瓜扯下。依照妻子的想法，要等南瓜足够熟透，然后摘下蒸食，吃起来的感觉特别甜糯，就是我们所说的"面"。如今的院子内外，露台上、围栏上、地面上，大大小小的南瓜，还有十几个。

佛手瓜属于秋天结果的作物，天凉下来，进入盛果期。今天收获四个佛手瓜，清炒或者做汤均可。收获四个苦瓜，长约三十公分，每次总有四五个。收获五个丝瓜，丝瓜需要及时采摘，如不及时，就会过于胖大粗老，不能食用了。

今天收获大部分玉米，大概五六十个，嫩的二十来个，其余三十个都是老玉米。留下二十来棵玉米，遮挡一下围栏，起到遮蔽院落的作用。收获的玉米大多不够饱满，甚至只有大半圈玉米，或有虫子钻出的洞，甚至虫子尚在，与不用化肥、农药有关。其余的收获，还有一堆扁豆、一堆芸豆、一小串葡萄、五个西红柿、七个小洋葱、十个茄子、二十个秋葵。

葫芦开花再结果

山房栽柿久成林

疏朗

秋天的景致，日趋疏朗。

今天收获一畦毛豆之后，去掉地里所有残存的作物枝蔓，排除视野上的阻碍，院子南北显得开阔许多了。西红柿的生长，需要支起一根根竹竿，也会阻挡视线，如今去除一畦西红柿，院子东西通透许多了。仰天向上看去，葡萄枝上的叶子日渐稀疏，天空一片蔚蓝，上下疏朗许多了。此时景致相对单调，一棵大柿子树，一棵小柿子树，树上的柿子点缀色彩了。随着秋季的深入，这样的疏朗持续下去，直到凋落和清寂。冬天到来，大地一片茫茫，就是极致的疏朗了。

石榴也是秋天的风景，特别大的四五个，每个大概八两左右，开始泛红，那一抹灿烂，也是惊喜。泛红的大石榴，虫子不会放过，时有光顾；选择不打农药，任其自然生长，就要接受不够完美的结果——不够完美，就是自然，没有什么不能接受啊！

黄鼬

　　黄昏时分，有些阴沉，有些微亮。

　　我手执电筒，走出屋子，给院子的大门上锁。突然看到一只长毛动物，就在院子门口，原本以为是老鼠，观察头部形象，以及两只烁烁放光的小眼睛，还有瘦长的身材，断定这是一只黄鼬。黄鼬发现了我，转身便走，似乎并不慌乱。我急忙喊叫一声，让妻子过来，待她出来，黄鼬已经不见了。

我断定这是一只黄鼬，一是对这种小动物有点印象，源自书中的图片；二是曾在集市上看到有人兜售青鼬——与黄鼬相似的一种动物，问其来源，对方说南部山区就有黄鼬和青鼬。这次看到的黄鼬，身长大概三十公分左右，尾巴特别长，两只小眼睛特别明亮，不知原本就是如此，还是我的手电筒照射的缘故。

　　后来，我在网上查询黄鼬的资料，这样解释，"清晨和黄昏，黄鼬活动频繁，通常单独行动，毛色从浅棕色到黄棕色。善于奔走，能够贴伏地面前进，钻入缝隙和洞穴，也能游泳、攀树、翻越墙壁等"。这样的描述，与我今天看到的情形基本吻合。

露台眺望狐堆山

【小满】插图设计师 毛卬（重庆）

小满

农历四月廿一,小满之后。

周六早上,八点左右,我们开车上路,赶赴南部山区的『桃花源』。

今天,我们准备迎接尊贵客人的到来。

准备

周四上午，徐行健先生约我到他的工作室喝茶，孙国章先生已经到了。席间，我与重光兄电话沟通，有意请几位先生前往"桃花源"。重光兄表示，周六天气凉爽，适合先生出行。

于是当场商定，朋友张亮开车，带领徐行健先生、孙国章先生、宋遂良先生，周六下午前往"桃花源"。夏日天气炎热，下午暑气渐消，凉爽宜人。随后，我与重光兄商量准备菜肴的事宜，我负责购买熟肉、冻鸡、豆腐等食品，重光兄冰箱里储存着牛肉、茄子、土豆，还有地里可以采摘的蓬蓬菜、仁生菜（野生苋菜）、莴苣叶、香椿芽，基本足矣。

周四晚上，我和妻子前去超市，购买冻鸡和熟肉等。周五上午，我回家陪母亲吃饭，顺便购买豆腐。周六早上，前往"桃花源"的路上，购买刚刚采摘的樱桃。到达"桃花源"之后，妻子立即采摘蓬蓬菜、仁生菜、莴苣叶、香椿芽等，准备晚餐。我在葡萄架下布置坐垫、马扎，安排下午喝茶的座位。重光兄已经拟定菜谱，进入主厨角色。

在乎山水之间也

老朋友羡慕田园

贵客

　　周六阴天，落下几个雨点，感觉十分凉爽。我与张亮电话沟通，可以早些启程，尽快到达这里，时间更加充足。张亮开车接宋遂良先生时，发生车辆刮擦的意外，耽误了一些时间，他们到达的时候，已经下午四点。

　　葡萄架下，诸位先生一一落座，柴火炉烧着开水，大号茶壶放入两袋乌龙茶，加入妻子采摘晾干的玫瑰花，茶的风味复合了。徐先生感觉口渴，便说：先喝茶。宋先生落座葡萄架下，环顾四周，对我感叹：你们是生活，我们是生存。随后问我：来此几年了？我回答：五年。

　　今日无风，山上还是明显凉爽，孙先生身穿短衣，我取一件长袖衬衣给他。妻子走近生长草莓的地块，从绿叶丛中找到几个小草莓，清洗之后，放入小盘，请诸位先生品尝，风味十足。

　　徐先生和孙先生之前来过，并不陌生。我特地引宋先生四处走走，看看水缸里的荷花，树上的杏子，还有一棵棵香椿树，以及屋后的旱厕。地里生长的作物，此时十分丰富，有大葱、洋葱、豆角、芸豆，还有茄子、辣椒、西红柿，以及野生的蓬蓬菜、仁生菜（野生苋菜）。宋先生说，自己喜吃苋菜，小时候有过农村生活的经历。宋先生俯身，拔下几棵地里的野草，戏说：我已经帮你干农活了！

　　室内室外转悠一圈，宋先生说起自己对简单、快乐生活的向往。退休之后，他与妻子约定了几个改变：从存钱到花钱，这是一种改变；从吃饭到吃菜，也是一种改变；从顾虑别人怎么看自己，到不管别人怎么看自己，更是一种改变。宋先生的坦率和真诚，从来如此表里如一。

吟诵

　　天上落下几个雨点，三位先生转入重光兄的屋内，继续喝茶聊天。重光兄进入厨房，开始做菜；我重新点燃柴火炉，加热已经炖好的鸡；妻子处理凉拌的野菜，加入调味的作料。重光兄端上辣子鸡、辣味豆腐牛肉、豆角炒肉、香椿芽鸡蛋，我送上柴火炖鸡和火腿肉，妻子将蓬蓬菜、仁生菜、紫生菜、莴苣叶等凉菜一一端上桌。重光兄准备了茅台酒，我拿出自己泡制的酸枣酒，一向并不喝酒的宋先生，主动要了半杯啤酒。

　　把酒聊天，自然说到山东泰安。宋先生从复旦大学毕业之后，来到泰安工作生活，长达二十四年；泰安是徐先生的老家，他小时候曾经在泰安生活过一段时间；泰安也是重光兄的老家，只是他从未在泰安生活过；我十七岁至二十岁，在泰安读书学习。

宋遂良先生来了

诗人、画家与学者

  饮酒尽兴，说到传统吟诵，以及吟诵的不同风格。宋先生原籍湖南，他用悠扬舒缓的南音，吟诵宋词；徐先生模仿祖父徐芝房先生，他用顿挫激扬的北音，吟诵唐诗。风格不同，味道异样，方言吟诵，意味深长。

  黑夜降临，诗意犹在，诸位先生就要离开了。我饮下几杯啤酒，感觉内急，说到露天厕所方便，也是戏言。我在一棵大核桃树后面，自求方便，开始撒尿；宋先生和孙先生也有内急，步入玉米地里，也是方便。夜色之中，哗哗之声多处响起，随处方便，岂不快哉！

【立秋】挂图设计师 真汀（安徽）

立秋

农历七月十二,立秋之后。

周日早上,六点左右,我们前往『桃花源』。连续几天,天气特别闷热,湿度极高。近日照料生病的母亲,今天前往『桃花源』,也是放空自己了。

照料

母亲生病,需要有人照料,请来日夜守候的保姆。母亲晚上不睡觉,服用安眠药物,作用不大,导致保姆身心疲惫。于是,我建议保姆回家休息,我和弟弟前去照料。周五中午到周六晚上,我在;周六晚上到周一清晨,弟弟在。周一早上,保姆返回。

治疗失眠的药物,功能分得很细,效果需要实验。母亲喝水出现异常,不是直接喝下,而是含在嘴里,然后再度吞下,容易呛着。母亲服药的时候,药片含在口中,不能直接喝水送入,喝水和吞咽分为两步,难以服下药片。实在不行,只能将药片含在嘴里,慢慢含着,用水辅助融化。周五晚上,母亲九点四十五分吃药,辗转反侧,十点四十五分睡着;一个半小时后醒来,起来小便,再次入睡。再一个小时后,起来小便,半小时后入睡,又睡一小时。我在对面房间,随时倾听母亲房间的动静,加之天气闷热,实在睡不踏实。母亲夜间醒来的时候,不能分清白天还是黑夜,随时提出难以回答的问题,需要应对,其实一夜无眠。

母亲白天不睡觉的时候,一会儿上床,一会儿下床,时而上下,需要随时搬她起来,扶她躺下。周六下午,也许是药物发生作用,母亲腿抖的状况减轻,不用别人搀扶,可以自己慢慢溜达。虽然依旧需要时时照料,但毕竟不用床上床下地搬弄,劳累减轻一些了。

母亲上周突然摔倒,需要有人照料,弟弟正在国外旅行,我全天陪伴,完全没有食欲,相当于"断食"。这次照顾母亲,从周五中午到周六晚上,连续三十个小时,只喝水,不吃饭。照料加上断食,感到身心疲惫。周六晚上回家休息,周日早上,妻子陪我前去"桃花源",也是放松自己。

荒芜

清理芜杂,也许就是清理身心。

院子里的空地,长满茂盛的野草,生命力旺盛;院子里铺设的道路,完全被各种杂草掩盖,看不清道路;房屋背后的空地,平时少有光顾,杂草接近人高;院子四周的围栏,蔓生类的杂草肆意攀爬,尽性伸张,密集编织。杂草根深,我曾经拔出察看,根的长度与杂草的高度相当,所以抓地牢固。杂草或有棘手的芒刺,难以清除,必须清除。杂草生机盎然,见缝插针,土地之外,还在砖缝、石缝之间生长,因为砖石的压迫,更加不易拔除,需要搬开砖石,双手使劲,或借助铁铲等工具,才能清理。

面对杂草丛生的院子,我几乎产生绝望的心理。我弯腰清理,蹲下拔草,忙碌很长时间,看不出清理的效果,还是满眼荒芜。看见的只是辛苦,上衣和裤子被汗水湿透,进屋更换衣服,我躺在床上歇息一阵,出现将要虚脱的感觉。随后继续出来干活,衣服又一次湿透,汗水落到眼镜片上,视线模糊,好在只是盯着杂草,无视其他了。

多日闷热,未曾前来,加之母亲突然进入需要照料的状态,"头伏萝卜二伏菜"的种植,没有跟上节奏。如今,二伏接近尾声,就要进入末伏,需要抓紧种植秋播作物了。妻子确定一块种植区域,开始拔草,我用三齿钩平整土地,准备播种胡萝卜和青萝卜。

鲜花向大山问候

抚慰

收获可以抚慰身心吗?

今天收获七八个丝瓜,过于短粗,担心老了。妻子收取十四个玉米,准备拿回家中,或可以蒸煮,或者打成玉米浆,新鲜的玉米浆口感滑腻,风味清香。

收获六根黄瓜,多是一端极细、一端极粗的形状,进入生长末期,生机不够,不顾形象了。收获三十个辣椒,尖椒和灯笼椒两种。还有八个茄子,秋天的茄子风味独特。芸豆没有多少,豆角数量不多,毕竟增加两样蔬菜。三个西红柿,其中一个红色尚浅,因为久未品尝,索性采摘下来,带回家中让它们慢慢变红吧!

地里的南瓜确实不少,圆形的以及长形的,挂在围栏、露台上,看得清楚,数得仔细。散布在地里的南瓜,或被杂草掩盖,需要仔细翻弄,揭开上面的叶子,看清大小和数量。妻子一再提醒,不要着急采摘,希望南瓜更老一些,水分更少一些,吃起来更加甜糯。

风定池莲自在香

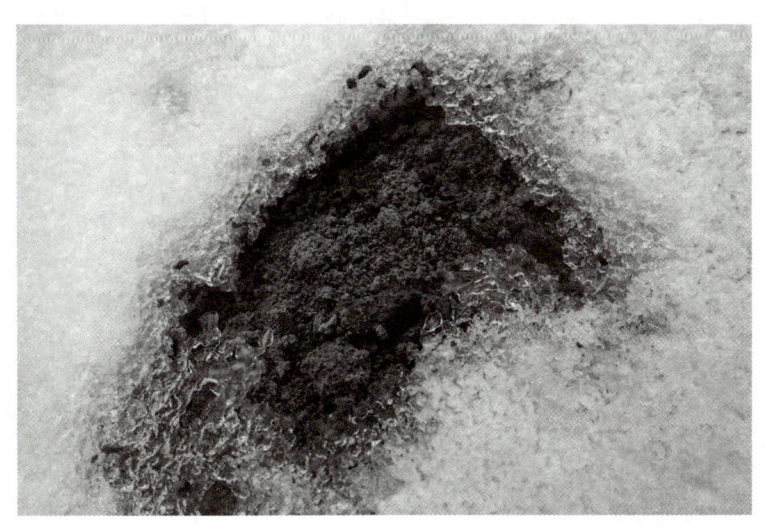

莫道雪融便无迹

治愈

食物可以治愈身心吗？

开车回家，车库停车，脚踩油门和刹车，右腿有抽筋的预感。周五开始，连续三十个小时的照料和断食，周日上午三个多小时的劳作，加之天气闷热，大汗淋漓，几乎筋疲力尽。妻子看出我的疲惫，主动提起重物，走在前面了。

选择自己种植的蔬菜，少量购买店家的食物，尽量自己做饭，这样的生活看似放心，实则并不正常，却是"不得不"的选择。关于农药，关于化肥，关于食用油，关于外卖，太多的负面信息，让人心生疑惑，甚至产生恐惧。

丝瓜炒鸡蛋，首先将橄榄油下锅，鸡蛋加入葱花，尽量炒得嫩些，鸡蛋炒出盛盘；然后油烹辣椒，放入切块的丝瓜，最后加入炒好的鸡蛋，略添清水，做成丝瓜炒鸡蛋。酱焖茄子，橄榄油入锅，大蒜烹出香味，放入面酱搅拌，然后茄子入锅翻炒，茄子渐渐收缩，倒入少量清水，继续焖烧；出锅之前，放入切碎的大蒜和辣椒，酱焖茄子的味道更加复合。两个松花蛋，切成一盘，总共八瓣，用有机酱油调味。

一瓶啤酒，又一瓶啤酒……

昼夜平分 秋分

【秋分】插图设计师 孙召中（河北）

秋分

农历九月初四,秋分之后。

周二下午,三点左右,我们开始前往『桃花源』。今天温度,19℃至30℃,人们依然穿短袖上衣。接近寒露的季节,秋凉迟迟不来,夏天延长了。

一花一茶总关情

茶叙

周二上午，在济南千佛山路的茶社，与诸位先生喝茶聊天，有宋遂良教授、孙国章先生、朱建信先生、宋家耕先生等。随后，在隔壁的饭店就餐，不用舟车劳顿。

朱建信先生从北京归来，今日做东，带来两瓶泸州"陈年老窖"。我负责点菜，凉菜有拌豆腐皮、拌裙带菜，热菜有烩菜全家福、手撕鲅鱼、溜鱼段儿、莴苣鸡蛋蛤蜊肉、有机菜花、瓦罐凤爪和拔丝地瓜等，主食要了"武大郎烧饼"配咸菜。

价值观相同的人，坐在一起，容易对接话题，没有交流阻碍。大家说到生存状态、食品问题、医疗状况、教育现状等，透露相关信息，评说当前时局。我想，中国经济高速发展的现实，大众生活水平的提高，人们看得见；但是，人们对于经济之外的更多期望，可以沟通，值得期待。

饭后，我与宋遂良先生、孙国章先生步行去坐公交车。宋先生与我父亲同龄，他感叹社会变革，期望光明未来，对我说：家祭无忘告乃翁！

当天晚上十一点，我收到宋先生的微信，他戏赠一诗：王骞吾小弟，在文亦言商。视野何宽阔，读书不商量。泉城多朋友，海外有令郎。言到动情处，两眼放光芒。

种植

下午四点左右,我和妻子到达"桃花源"。刚刚走近自家院子,杂草之中,妻子发现一只死去的鸽子。我马上取来铁锨,在核桃树边挖一小坑,放入鸽子,覆盖泥土,让这个小生命入土为安。

蔬菜种植,并非简单的春种秋收。冬季种植蔬菜,明年春天收获,可以补充初春蔬菜的稀少。具体时间,根据农民的说法,寒露播种的菠菜,初春可以收获。邻居大哥告诉我,第一场雪的时候播种菠菜,可以春天收获。今天是10月4日,10月8日即寒露,我们无法确定下雪时间,担心过期播种难以出苗,便在寒露之前浸泡菠菜种子,抓紧播种了。

妻子察看地里的韭菜,看似十分孱弱。她回想之前,曾经刨出韭菜,剪下密集的根须,可能过度处理,导致韭菜受到伤害。另外,这茬韭菜持续数年生长,缺乏生机,需要重新种植了。于是,妻子手执铁锨,挖出弱小的韭菜,随手放在一边。我手执三齿钩,一边翻土,一边敲碎土块,再用耙子梳理,使土地更加平整。妻子将泡过的种子拌上细土,开始播种菠菜。韭菜的种植,另择时机。

桔棒一水韭苗肥

山居日志 | 063

碎石铺路缀绿叶

收获

秋天更多枯枝残叶，院子看似萧条肃杀。

南瓜原本种在院子西侧的围栏附近，枝蔓向外伸展，不必占据院内的土地。清理园区的物业人员前来除草，不管三七二十一，甚至喷洒除草剂，将南瓜和杂草一起清理，导致围栏外面的南瓜大多夭折，剩下一棵，只能让南瓜向院内伸展了。南瓜枝蔓粗大茂盛，四处蔓延，地面生根，盘踞的区域越来越多，原本十分规整的菜地，看似混乱不堪。只待霜降节气到来，收获所有南瓜，再度整理院子。

今天采摘十二个南瓜，加上之前送给朋友的，已经收获二十个南瓜了。除了南瓜，还有七个佛手瓜、六个茄子、十个秋葵、十几个芸豆、几十个辣椒、小半筐子扁豆。佛手瓜的收获旺季尚未到来，而且保存时间较长，属于极佳的秋季蔬菜。妻子看到几棵野生的小艾，顺手采摘，问我是否可以食用。我回答她，肯定可以吃，只是没有春夏艾叶的充足阳气了。

热情

　　人们耕耘土地、亲近自然的意愿，早就植根于心中，只要有合适的机会，就会生长出来，甚至澎湃起来。

　　这里的邻居大哥，充满建设家园的热情。今天，我走近他的院子，没有看到他的身影，便在院子外面打量，观察新近的变化。他的木屋前面搭建了一处"阳光房"，增加了一个房间的面积，加之扩建的地下室，总面积约有三百平方米。院子里面，蔬菜种植分门别类，坦然有序，一派生机；各种树木参差有别，姹紫嫣红，一片灿烂。他的院子外面的东侧，本是一块闲置的荒地，如今搭建一处种植蔬菜的大棚。院子大门古色古香，门口还有祥瑞石兽，风格别致。

　　如今的"桃花源"，已经销售出去几十栋房屋院落，来此居住的人士颇具"杂色"。有人顺其自然只是小住，有人大兴土木十分张扬，或者呼朋唤友欢聚一堂，还有来去无声修身养性的，可谓"小桃源"，也是"大社会"。

　　不过，"桃花源"并非真是桃花源，风险依旧存在。商家的业务范围属于生态农业，如今已经涉足房地产的开发和销售。居住在这里的住户越多，影响越大，可能招致更多的关注，甚至产生难以预料的问题。

临池观鱼我亦乐

【扉别】插图设计师 袁沂（安徽）

霜降

农历九月廿九，霜降之后。
半月阴雨之后，迎来一个晴天。
周六上午，九点左右，我们前往『桃花源』。

小姨夫平整土地

秋葵开花又结果

丰盛

因为雨水充足，两周没有前来，今日收获特别丰盛，几乎是历年秋天收获最多的一次。

大、中、小三个柳编的筐子，小的用来放置小工具，剪子、钳子、小铲之类，随手可取、可用；大的、中的用来收获作物，便于一手提着筐子，一手采摘蔬菜。今天，中号的筐子装满扁豆，扁豆胖大饱满，煞是喜人。大号筐子放入十七个佛手瓜，其中五六个特别大，温度适宜的条件下，佛手瓜进入收获旺季。将小筐子里的工具拾掇出来，放入三十几个芸豆。芸豆有两个品种，一种是长而绿的，一种是长而紫的。

萝卜、白菜属于秋天当令的蔬菜，如今雨水充足，长势不错，叶子透出深绿。我俯下身子，寻找最粗的萝卜，拔出两个青萝卜，拔出一个白萝卜，小心地举在手中。长达五六十公分的叶子碧绿喜人，所谓"萝卜缨子"，也是可以食用的。妻子察看地里的白菜，几棵白菜开始包心，正在茁壮成长。

茄子的生长大多已经结束，还有最后三棵，收获十个小茄子，尾部略有开裂。最后两棵西红柿，因为天气寒冷，果实变红的周期很长，今天摘下四个绿色柿子，微有泛红，带回家中，放在阳台，待其自然成熟转红。还有两个冬瓜，西侧围栏挂着一个，围栏下面躺着一个，躺着的冬瓜更大，大约五十公分的样子；挂着的冬瓜被羊啃过，上有两个痕迹，只是表皮受伤，并不影响食用。油麦菜、苤蓝等蔬菜，今天也有收获。最后的秋葵和辣椒，生长周期不会太长，静静等待吧！

春天荠菜特别鲜美，过去并不知道，秋天也有荠菜生长。妻子发现地里的荠菜，叶子肥大，尚且不少，高兴地采摘。我自己私下琢磨，所谓"冬至一阳生"，阴阳交替，万物萌发，春天荠菜初生；还有"夏至一阴生"，也是阴阳交替，作物可能再次萌生，野菜重新生长出来，又是一季生命。

山居日志 | 069

地瓜

所谓"农时",就是在合适的时间,做正确的事情。作为"新农民",我们虚心向农民学习,就能掌握种地的时机和方法。前来"桃花源"的路上,妻子观察路边的土地,看到农民晾晒的地瓜叶子,断定农民已经收获地瓜了。

当初,我们种植三垄地瓜,如今叶子看上去特别茂盛,没有叶黄凋零的迹象,似乎可以继续生长一段时间。既然农民已经收获,我们不应再做迟疑。于是,我独自开挖一垄地瓜,扯下地瓜秧子,然后铁锨翻地,寻找地瓜踪迹,再用小铲子清理地瓜周围的泥土,防止地瓜受到损伤。这样小心翼翼的方式,适合小区域的收获;大范围的收获,直接用镢头刨出地瓜,效率更为重要。

另外两垄地瓜的收获,我从东往西,妻子由西往东,最后在中间会合。妻子直接用铁锨翻地,撅出地瓜,然后一一捡拾,方法简单。铁锨翻地的具体位置,来自地瓜秧子的主干,主干下面一定连接地瓜。但是,地瓜的形状并不规矩,大小不一,甚至曲里拐弯。地瓜此时鲜嫩易折,如若不加小心,必然挖断地瓜,影响收获质量。总体说来,完好的地瓜占比四分之三;折断的、特小的、地蛆咬伤的,另有四分之一。今天,四分之一地瓜带回家中,尽早处理,免得继续变坏,不能食用。

收获地里的地瓜

一枝藤蔓俏独舞

生机

  深秋霜降，即将立冬。之前半月，秋雨纷纷落下，阴天、晴天相间，初生的作物得以滋润，长成的作物得到地力，一派生机，源自"天助"。

  如果春天的种植属于"第一茬"，夏季伏天种植的蔬菜就是"第二茬"，秋天种植的就是"第三茬"。在夏季的三伏天，播撒种子，栽种秧苗，必须及时浇水，保障蔬菜种子顺利出苗。此时，希望天公作美，雨水充沛，出苗顺利。如果"天助"不利，就要加以"自助"，需要精心呵护作物，及时施肥、浇水、除草、去虫。

  所谓"头伏萝卜二伏菜"，此"菜"不是只指白菜，而是多种蔬菜。今年"第二茬"种植的蔬菜，有芸豆、莜麦菜、奶白菜、苤蓝等，似乎进入青年时期，有些生长茂盛的，已经有所收获；还有进入成年阶段的萝卜，叶子特别肥大，果实或粗或细，已经可以食用，有待继续长成。秋天种植的菠菜、苔菜，如同满月的婴儿，小苗新绿，密密麻麻，萌发着生机。

高樓曉見一花開
便覺春光四面來

唐·令狐楚 立春

立春

农历正月十六日,立春之后。

元宵节刚过,周日上午,九点左右,我们前往『桃花源』。此行目的,就是为开春种地做好准备。

牛粪

  开春种地，地里需要施肥。

  在"桃花源"，我的院子与重光兄的院子前后相邻，我们既是邻居，也是相约来到这里的朋友。重光兄的土地面积较大，需要的肥料更多。秋天的时候，说到开春需要肥料，重光兄电话联系送粪大哥，为我们两家种地准备牛粪。如今，十袋牛粪堆在他家露台之上，我们今天搬走四袋，留下六袋。

  四袋牛粪撒到地里，这才察觉肥料的数量不够，于是电话联系送粪大哥，准备购买。送粪大哥当时在外，不能回去弄粪，约定下午联系。下午一点，接到送粪大哥的电话，告知下午三点前来送粪。两点三十分，送粪大哥抵达园区，询问具体路线。我告诉他，进入园区，一直向前，到达上次他给重光兄送粪的地方，我在那里等他。

  三轮运输车的轰鸣声听起来特别响亮，随后我看到三轮车驶上坡来。我挥手示意，他顺着我指引的方向来到我家院子北侧。院子外面杂草丛生，我担心三轮车不便驶过，表示可以就地卸下牛粪，随后自己搬运。送粪大哥停车之后，没有熄火，下车查看地形，认为可以开到院子门口。于是，三轮车的车头向外，逆向行驶，接近院子大门，将车厢顶起，一袋袋牛粪滑落下来。还有一位中年男子随行，下来帮助卸车，送粪大哥一直嘟囔，说他不会干活，让他停止卸车，自己亲自动手干活。

  关于牛粪的价格，送粪大哥说二十元一袋子。牛粪的数量，我原本提出需要十多袋，十二三袋都行。送粪大哥表示，用铲车直接装车，现有三十二袋。妻子表示，用不了这么多。送粪大哥说，种上作物，还要施肥，这些并不多，只要没有淋上雨水，随时可以使用。

  这时，一位六十来岁的男子走来，看样子就是园区住户，上前询问牛粪的价格，明显看出他也要牛粪。我和他协商，我留下二十袋，给他十二袋。他表示同意，马上掏出三百块钱，递给送粪大哥。送粪大哥找回零钱时，掏出一把百元票子，我开玩笑说：生意不错啊！送粪大哥表示：都是给公司干的。

  从送粪大哥这里得知，他多次前来园区送粪。城里人向往农村生活，农村人把握挣钱机会，双方得到满足。送粪大哥将十二袋牛粪装车，准备前往那位男子的院子。临走，他递给我一张名片，上面有他的姓名和手机号码，"卖牛粪"的字样特别突出。他还说，再来的时候，可以捎些南瓜种子过来。妻子问他：要钱吗？送粪大哥表示：送给你的。

施肥

院子门口堆着二十袋子牛粪，我和妻子抬进院子，大多堆在一起，或者放到地头，准备直接施肥。妻子取来钳子，拧开袋子封口的铁丝。我将牛粪倾倒出来，查看牛粪的质量。牛粪大多处于半干状态，不是送粪大哥所说的已经透彻发酵。仔细查看，有大块的牛粪，也有尚未化冻的牛粪，好在还是牛粪，混合的杂物很少，这是最为重要的。

院子里两处较大地块，每个地块施肥三袋，就是六袋；还有六个中等大小的地块，每个地块一袋半，共计九袋；其余几个较小的地块，共用三袋；剩余两袋，放到房屋后面的粪坑存储，以备后用。如此安排，二十袋牛粪各有归属，送粪大哥所说的三十袋牛粪，其实不算太多。接下来，妻子手执耙子，尽量均匀摊开地里的牛粪；我挥舞铁锨，将大块牛粪铲碎。今天下午，从抬粪到施肥，从摊开牛粪到敲碎粪肥，我们忙碌一个多小时，身上开始出汗，时间已过下午四点，于是决定停止劳作。

今天的劳动，属于开春第一次。原本计划不但施肥，还要给缺水的菠菜、苔菜、大蒜浇水，只是身上疲乏，只能结束劳作了。下次前来，浇水、翻地、烧荒等种植之前的工作，应该全面开始了。

防虫

虫子对于树木的侵害、对于果实的腐蚀，属于严重问题，少有根治的办法。

防止虫子上树，也是办法之一。之前看到别人的做法，就是将树干裹上塑料布，虫子不便在树上爬行。于是，我和妻子因地制宜，她将保鲜袋裁成长条，包裹在树干的下部；我用透明胶带加以固定，在树干下部形成光滑的地带。按照节气和物候，惊蛰之后，蛰伏的虫子重新出来，如果想要上树，就会面临一段特殊的光滑树干，可能选择放弃爬树，另寻他路，甚至临阵脱逃，从而达到防虫的效果。

今天，我们分别包裹了院子里的柿子树、核桃树、杏树等。据说，香椿树不用这样进行保护，可能虫子不喜香椿的强烈味道，并不光临。

朋友带孩子来了

山居日志 | 075

【雨水】 插图设计师 赵刚（浙江）

雨水

农历二月初一,雨水之后。

天气晴朗,和煦无风。

早饭之后,我们前往「桃花源」,开始整治土地,恢复每周一次的劳动,继续向往的「耕读生活」。

集市

　　济南南部山区的仲宫镇，本是山东的大镇，如今改制为南部山区管理委员会下属的"仲宫街道办事处"，但在老百姓心目中，仿佛还是那个仲宫镇。每逢农历的初一、初六，就是仲宫的大集，初三、初八就是小集。今天正是大集的日子，我和妻子前去赶集。

　　初春时节，蔬菜稀缺。集市东区，一位大哥低头清理小油菜，用剪刀去除油菜根部的根须和泥巴。这样细心的摊主，自然引起我的注意，我便对妻子说：买些油菜吧！

　　大哥自己种植的油菜，原本栽种在小菜棚里，不易见到阳光，油菜显得特别细嫩，接近根部的叶子，看似潮湿过度，有开始腐烂的迹象。大哥急忙说明，这是叶子接触地面造成的。大哥继续修剪，并进一步解释，这些油菜不打农药，不施化肥，属于真正的绿色蔬菜。妻子抓起放到塑料袋里，两元一斤，购买两斤，称重付款。

　　开春之时，露天蔬菜只有菠菜和苔菜，它们抗寒能力较强，冬天之后继续生长，菠菜长势尤其旺盛。特别新鲜的油菜、苔菜之类，就是蔬菜大棚的作物了。萝卜、地瓜一类，农民储存过冬，此时拿出来摆摊销售。一位大娘面前放着几十个青萝卜，萝卜顶端窜出一簇簇新鲜的嫩芽。她切开一个萝卜给大家看，鲜嫩多水，卖相不错。妻子购买两个，大娘不甘心地问道：就买两个？旁边卖鸭蛋的大姐说：两个，两个，不就卖完了！

鱼鳔

　　集市中央有卖鱼的摊贩，销售活鲫鱼，很是忙碌。旁边，一个塑料桶里有许多鱼鳔，妻子上前向摊主询问价钱，对方回答五块钱一斤。我的印象之中，几乎没有吃过鱼鳔，就问妻子怎么吃。她说：红烧即可，当年父亲在的时候，他经常做。

　　青少年时期，我吃鱼很少。逢年过节，市场供应的多是带鱼、鲅鱼，偶尔看到剖出的鱼鳔，并不新鲜，就弃掉了。此时，这些鱼鳔称重，接近两斤，共计九元，妻子全部购买了。后来得知，晒干的鱼鳔即花胶、鱼肚，与燕窝、鱼翅齐名，属于"八珍"之一。其主要成分为胶原蛋白，含有多种维生素，以及钙、锌、铁、硒等微量元素，蛋白质含量高，是理想的高蛋白低脂肪食品。

　　当天晚上，妻子清洗鱼鳔之后，我煸炒葱姜，加入鱼鳔翻炒，倒入红烧肉的汤汁，又加入葡萄酒去腥，最后加入红烧酱油，开始焖烧鱼鳔。烧制鱼鳔需要时间，所谓"千炖豆腐万炖鱼"。鱼鳔尚未烧熟，因为当日过于疲劳，我在床上歇着，竟然睡着了……

初春时节银杏树

树苗

　　今天赶集，还要购买树苗。

　　集市北区销售树苗，大树苗在一个片区集中，小树苗则集中在另一区域。小树更加容易成活，我们决定购买小树苗。来到装满小树苗的一辆货车前，询问品种和价格。卖主指着几棵小树苗说：这是小山楂树，十元一棵。小山楂树的树干拇指粗细，妻子想要购买一棵，对方告知：至少两棵，需要相互授粉。我们不懂，于是购买两棵小山楂树，拎在手里，继续游逛。

　　从集市回到"桃花源"，栽种树苗，需要考虑栽种的位置。去年冬天，天气极冷，粗壮的石榴树被冻死，在原来位置长出三棵小树苗，相互缠绕，形成一组；还有另外两棵小石榴树，分立葡萄架西侧两端。观察一番之后，决定移走一棵小石榴树，将这个位置留给小山楂树。另外一棵小山楂树，在水龙头旁边栽种，那是我们之前选定的位置。

　　两棵小山楂树苗的根部，具体来说，就是根部往上一点儿，出现局部的弯曲，必须将根部尽量深埋，使露出地面的小树干显得直立。栽树如同育人，最初的品种、位置、形态，以及随后的养护，最为重要。

绿意盎然山楂树

楼车耧地播种忙

初春

初春时节，准备种植，首先翻地。

今日翻地三畦半，还有一个正方形小地块。所谓"畦"，属于自己确认的一块地的面积，大概一米五宽、五米长的样子。翻地的时候，捣碎翻出地面的土块，同时混入肥料，形成更具营养的土壤，便于播种、栽种之后，作物在肥料的供养下，得以更好地生长。

初春尚有收获，源自过冬作物。第一次收获春天的苔菜，因为上周降雪，还有近期浇水，苔菜再行生长，总算小有收获。再次收获菠菜，初春这个时节，菠菜特别茂盛。还有香菜的收获，每一棵香菜都在向外伸展，宽度增加，高度不够。意外的收获，是一个较为松散的、叶子层数很少的卷心菜。去年秋天栽种时，这个卷心菜一直没有长大，于是留在地里，用干草加以覆盖，起到保温效果，上面压上石头，防止干草被风吹走。春节之后，我们来到这里，发现卷心菜没有死，很是惊喜。今天继续观察，虽然有所长大，但叶子变得发黄。原本不是可以过冬的作物，勉强度过冬天，竟然可以收获并食用，毕竟还有时间赋予的能量。

节气&农事

时雨及芒种 四野皆插秧

【芒种】插图设计师 文明（上海）

芒种

农历五月十六,芒种之后。

周六下午,三点出发,我们前往「桃花源」。近日赴美,看望在旧金山读书的儿子,参加他的硕士毕业典礼,顺便沿着美国东海岸旅游。之前,委托朋友照管「桃花源」,竟然梦见有人闯入,收菜占地,内心还是十分牵挂啊!

时差

　　由旧金山起飞，经过十二小时空中航行，6月8日，即周四下午五点半抵达北京，在机场迎接我们的，是八十三岁的叔叔和七十三岁的婶婶，婶婶亲自开车。当晚，我和妻子在叔叔家过夜，夜间两点醒来，我就睡不着了，可能是时差的缘故。

　　周五上午，我们乘坐十一点的火车返回济南，两小时后抵达。下午前往公司处理事务，五点半下班的时候，感觉精力不济，眼皮打架。回家之后，六点多上床睡觉，夜间两点醒来，还是不能入睡，依然属于时差的作用。心中挂念"桃花源"，我们周六下午上路，下午四点到达，马上投入农事的忙碌，一直干活到晚上八点。我并未洗漱，打算上床歇息一下，不料马上睡着。夜里两点醒来，依旧难以入睡，在床上翻来覆去。周日早上，天色刚刚放亮，时间不到五点，我就起床干活，一直忙到九点。

　　我们赴美这段时间，朋友小马来过两次，浇水、除草、收菜，收获了卷心菜、莜麦菜、大蒜等。地里的菜花、莴苣、生菜、土豆等，已经足够成熟，小马并未采摘，专等我们回来收取。

小朋友是欢快的

收获茄子西红柿

收获

  周六下午，突降雷雨，我穿上雨衣继续干活，此时不用浇水了。周六晚间，收获所有的土豆。有些露出地面的土豆，皮色发青，不宜食用。埋在地里的土豆颜色浅黄，质地完好，虽然大小不一，但个头较大的土豆着实不少。土豆收获之后，放在地里晾着，第二天收到室内。后来，通过纪录片《克拉克森的农场》得知，长成的土豆去掉土地上面的枝蔓，便不再生长，可以继续储存在地里。

  九棵莴苣全部收获，与市场里的莴苣相比，较为细长，顶端开始结籽。摘取杏树上的油杏，总共四十多个，还有一些被小鸟吃了。妻子捡起小鸟啄食余下的杏核，留作他用。收获四个菜花，个头很大，不够紧实，这个样子的菜花，市场上称作"有机菜花"，只是约定俗成的叫法。收获一个大苤蓝和一个小苤蓝，小苤蓝开裂，当晚炒菜吃掉了。收获生菜和莜麦菜，生菜的杆子粗壮，可以削皮食用。收获几个辣椒和全部韭菜，韭菜割了，还会继续生长。芸豆饱满丰嫩，属于我最为喜欢的蔬菜之一，可以大量采摘了。

  洋葱的果实露出地面，我选取枝干粗壮的收割，其实完全错误，应该选取根部软塌的洋葱，那种洋葱已经没有生长能力。在妻子指引下，收获二十多个小洋葱，就是根部萎缩的那种，放在露台晾晒起来。野生的仁生菜高大粗壮，小树一般耸立，我上前拔除，堆到一起，妻子揪下顶部的嫩尖，就是新鲜的野菜。

缀满果实喜煞人

红杏枝头春意闹

杂活

夏天这个季节，作物生长茂盛，有的需要及时收获，有的需要加以养护，或者需要及时清除。

香椿树的根部生机强大，树根四处扩展，不断从附近的地里冒出来，甚至在很远的地方冒出来。这些生出的新树枝，需要及时清除，否则就是满院香椿了。葡萄藤的主干下部，同样生出多个枝杈，影响向上生长的力量，需要尽快去除。

西红柿生长茂盛，果实累累，果实下垂造成枝干弯曲，过于弯曲就会折断，需要加以扶持。我将三四根竹竿插入地里，顶端用绳子拴在一起，形成较为牢固的组合关系，然后用绳子吊起低垂的西红柿，形成向上牵引的力量，辅助西红柿茁壮成长。

妻子心细手巧，首先清理金银花的乱枝，金银花容易生虫，需要一并处理。大葱出现干瘪的叶子，残叶落地之后，显得十分零乱，也是妻子清理。原本栽种大蒜的地块，如今已经空置，妻子播种玉米，等待秋天收获。栽种地瓜的地里，杂草丛生，与地瓜秧子纠缠在一起，妻子上前清除，使这个地块利落起来。

【生活】招贴设计 张 达利（上海）

小满

农历四月十二,小满之后。

周六下午,三点左右,我们和妻子的五姨、六姨上路,一起前往『桃花源』。

亲戚

妻子的五姨生活在大连，六姨生活在出生地青岛。五姨近日前往青岛，与六姨会合，两人周四下午来到济南，看望在这里生活的她们的三姐，即妻子的三姨，顺便旅游。五姨如今七十五岁，原来从事飞机维修工作，身体健康，反应敏捷，脚步轻快。六姨六十六岁，原来从事财务工作，退休后学习绘画，中国画的花卉画得有模有样了。

对于我们生活的"桃花源"，我们居住的小木屋，我们的种植和收获，她们早有所知，经常在兄弟姐妹的微信群里看到，向往已久。两人原本就是喜欢劳作、擅长干活的人，来到济南之后，自然愿意随同我们前往"桃花源"。今天下午，我们一同前往，计划一早一晚操持农活，晚间在"桃花源"过夜，让她们两人早上在鸟儿的鸣叫中醒来。

近年的乡间生活，总是我和妻子相伴，或有朋友前来参与劳作，大家一齐上阵，有擅长干活的，有热衷做饭的，也有给大家增添快乐的。如今她们两人到来，虽然六七十岁，但身体基本健康，而且愿意干活，不愿不劳而获，属于特别勤快的一类，我们可以分工协作了。

六姨的腰略有不适，不便弯腰劳作，她的工作便是折取香椿芽，以及烧水、做饭等。五姨年纪更长，身体比较健康，主动申请干活，负责挖取小红萝卜，以及拔草、择菜等。看到妻子在给西红柿扎架子，五姨过来协助；看到我在用方砖铺地，五姨同样过来帮忙。妻子一边自己干活，一边给她们两人分配任务，还要不时地回答她们提出的问题。

乃韭花逞味之始

收获

　　这个季节，蔬菜还在生长期，不是大量收获的季节，即便如此，也有不少收获。让五姨、六姨一起感受收获的快乐，也是我们此行的目的之一。

　　小红萝卜密集生长，需要"间苗"，五姨忙于这项工作，拔掉数十个小红萝卜。萝卜挤在一起，缺乏生长空间，果实形态瘦长，叶子即"萝卜缨子"可以食用。莴苣叶子绿而肥大，剪下一部分叶子，拔出两根莴苣，享受绿色食品。采摘两个西葫芦，一大一小。割取一茬韭菜，带回家中包饺子。香椿折下嫩芽，一拨又一拨。还有仁生菜、苦菜、马齿苋等野菜……

　　"桃花源"的收获之旅，似乎不够尽兴。于是，我们周日上午十点离开，前往仲宫镇赶集，继续乡村之行。如今的集市，不仅属于农民生活的采购市场，而且还有大量市民前来购物，有些商贩的目标客户就是城里人。看到刚刚采摘下来的小杏，妻子购买若干，意在尝个新鲜。卖家仔细提醒，吃多少洗多少，不要事先洗好，如果小杏掉落蒂把，此处容易进水，导致水果损伤。

　　仲宫之行，还有另外一个目的。当初三姨在济南酿酒厂担任工程师，就在仲宫镇工作生活。我们由此返回城里，正好路过三姨曾经居住的老宿舍区，六姨曾经来过此处，此时唏嘘感叹，转眼几十年已经过去了。

一篮清蔬最本味

表弟和弟妹忙碌着

两餐

　　周六晚餐，周日早餐，均在"桃花源"，都是六姨操持。室外干活，屋里就餐，夜间休息，早上听到鸡叫起床，乡间的完整生活，在此体验一番。

　　周六晚饭，我在院子里点燃柴火炉，六姨烧制事先煎好的鲅鱼。香椿炒鸡蛋，香椿是刚刚采摘的，鸡蛋是路上购买的。凉拌小红萝卜，也称"樱桃小萝卜"，五姨刚刚从地里拔出来。西葫芦炒肉片，就有荤菜了。有鱼、有素又有荤，还有腌蒜和腐乳，饮食滋味十分丰富。两瓶啤酒，权当补充水分。五个麻酱小烧饼，外焦内软，味道充足。

　　周日早餐，依然由早早起床的六姨操持，我打下手。大葱烹锅之后，切碎的小萝卜缨子下锅，加水烧开，下一锅面条，放四个鸡蛋，就是温馨的热乎乎的早餐。还有剩余的鲅鱼、咸菜、麻酱烧饼，补充早饭的品种和滋味。

　　早上，我们四人坐下吃饭。六姨说，这样淳朴自然的生活，是自己内心喜欢的。五姨表示，今后回忆起来，应该很是快乐。简朴的生活，天然的蔬菜，家常的味道，亲人的团聚，乡间的静谧，都在这一顿早餐里了。

夏至

夏至

农历五月十七，夏至之后。

近日多雨，不便出行。

周六下午，三点左右，我们前往『桃花源』。

风雨

济南本周雨水充足，甚至可以说是雨势凶猛，不必担心地里的作物缺水，反而担心作物遭到狂风暴雨袭击。25日，济南迎来强降雨，水量平均100毫米，受持续降雨的影响，市区部分低洼区域积水严重，开启"看海"模式。27日夜间，一场疾风骤雨再袭济南，风力达到十一级，大树被连根拔起，树干压塌停放车辆。29日，趵突泉水位达到28.04米，回升到橙色预警线以上。

下午来到自家院子，看到黄瓜架子已经倾斜，杆子几乎脱离地面，于是赶紧扶起，重新寻找平衡，再度连接起来。风雨暴虐，好在没有妨碍黄瓜生长，水果黄瓜特别粗大，色泽几乎变成黄色，难道"黄瓜"的名称与此有关？

院子四周，随处可见蜗牛，着实属于一景，不知是否与雨水较多有关。蜗牛出现在绿叶上、砖石间、土地中，这是以往没有的现象。妻子告诉我，蜗牛属于害虫，遇到应该消灭。妻子其实知道，我是不会照办的。我有自己的原则，看到这里的小生命，无论是蜗牛、蚯蚓，还是地蛆，并不杀生，只是抛到更远的地方，烦请"诸位"离开。

留得残荷听雨声

谁说菜花不是花

菜花

　　春天栽种十棵菜花，当时秧苗特别柔弱，成长初期依然不够茁壮，担心能否成活。后来发现，菜花的生长非常缓慢，渐渐地并不在意了。就想，成活最好，不能成活也不要紧。后来发现秧苗开始长大，甚至足够壮大。上前俯视，只有肥大的叶子，中间没有菜花长出，一度担心不能结果，甚至不抱希望了。

　　根据之前的种植经验，中间的菜花与叶子一起成长，由小到大，此番不见菜花，心生疑惑。今天察看两棵菜花，突然发现，叶子中间的菜花已经很大，仿佛一夜之间，菜花成熟起来了。妻子继续察看另外一棵，也有一个小菜花出现在叶子中间，于是十分惊喜。妻子心细，告诉我：当初种植十棵菜花，如今结出三个菜花，还有七棵正在生长，说明十棵秧苗全部成活，正在陆续结果。

　　还有新的发现。今年春天突发奇想，尝试栽种茶树。栽种六棵茶树，现在活了三棵，还算可以。其中有一棵茶树生出绿叶，生机盎然。继续观察其余三棵，也许还有希望。

　　作物生长的规律，可以寻找，难以琢磨。地、水、火、风，天天变化，共生共存，无时不在影响作物的生长。跳脱规律，自由生长，反而引来惊喜，不亦乐乎？

草根肥水噪新蛙

青蛙

晚上，天色渐渐阴暗，青蛙开始鸣叫。

青蛙在哪里？我拿起手电筒，来到水缸近处察看。水缸里满是荷花，可以看到两个小青蛙，较鹌鹑蛋略大点儿，浮在一片荷叶上，似乎是兄妹，或者小夫妻。鸣叫，或者说合奏，是小青蛙今晚表演的节目。

这个夜晚，微风轻拂，虽然不够凉爽，但温度可以接受。半夜之后，身体感觉凉爽，扯过毛巾被盖上。这个夜晚，入睡并不容易，小青蛙还在合奏，声音非常清脆，偶尔停顿一下，表演没有结束。有一个阶段，我恍惚觉得，这是三只青蛙的合奏，难道又有新的伙伴加入？

早上，天刚刚亮，大概五点左右，我便早早起床，推门来到院子，悄悄走近水缸察看。突然，一只小青蛙从我面前跳过，跃入草丛，一闪不见了。我心中戏言：难道这是那位"第三者"？

还有一只小黑猫，夜间潜入院中，此时在水缸前面伸头探脑，发出窸窸窣窣的声音。我转身察看，小猫十分警觉，马上就要溜走，我"喵喵喵"地发出招呼的声音，小猫便放慢脚步了……

三餐

周五傍晚，准备周六"桃花源"之行的食物。我和妻子前去超市，购买酸奶、花生米咸菜、青岛啤酒，以及小瓶酱油和小瓶醋。周六上午，妻子前去购买熟牛肉。

周六下午一直劳作，周六的晚餐只得推迟到七点半。菜肴还算丰盛，有土豆烧猪肉、酱牛肉、拌黄瓜、花生米。我与妻子对饮青岛啤酒，主食是妻子制作的面饼，餐后还有酸奶。

周日一早干活，干活之后吃饭，这是农民的生活习惯，早餐推迟至八点半。我看到地里一个茄子耷拉着，小部分潮湿受伤，干脆摘下食用，与昨晚剩余的猪肉混合，制作茄卤。面条煮好，过水之后，加入茄卤，两人食用。

周日中午，返城回家，需要先行休息，然后做饭吃饭。炒豆角，这是今年第一次吃豆角；丝瓜炒鸡蛋，新鲜的嫩丝瓜不必去皮。这是周日第二餐，用餐时间已经三点，一边用餐，一边观看 2018 年世界女排联赛总决赛。我是中国女排的拥趸，中国女排与巴西女排争夺第三名，中国女排三比零获胜。

白云生处有人家

夏景厌房栊　促席玩花丛
荷阴斜合翠　莲影对分红
此时避炎热　清樽独未空

大暑

农历六月廿三,大暑之后。持续高温,即将入伏,温度处于27℃至37℃之间。周六下午,三点左右,我们前往「桃花源」。

烧饼

周六早上，我乘坐公交车，前往位于山大路的清真饭店，购买牛肉烧饼。

此事与丁汝鹏兄有关。他小时候生活在济南回民小区，即老城区的西关附近，如今他的父亲依旧住在那里。他的回族朋友经营一家清真饭店，位于山大路附近，主营火锅、烧烤、清真菜等，我曾经前去就餐。每天早上，那里销售甜沫、牛肉烧饼等，妻子想吃牛肉烧饼，我前去购买，也是为前往"桃花源"准备食物。

一男一女忙于早餐，男人五六十岁，负责切牛肉、烤烧饼，女人三四十岁，负责收钱，清理餐桌等。男人告诉我，烧饼有八元、十一元、十八元三种，我购买四个十一元的；对方再问要瘦肉还是肥肉，我表示肥瘦相间。男人从不锈钢筒里取出熟牛肉，从盖着白布的笸箩里取出烧饼，刀切牛肉，塞入烧饼，每个烧饼单独放入小塑料袋，便于购买者各自取用。我临走说一声"谢谢"，对方回应一声"走好"。我徒步回家，大约就是两站地的距离。

中式餐饮的经营者很是忙碌，餐饮称为"勤行"，原因之一是顾客的需求不同。例如牛肉烧饼，三种烧饼价格不同，还有肉的区别，瘦的或肥的，肥瘦相间的。不要小看这种选择，因选择而产生交流，因选择而产生个性化，因交流和个性化，双方形成独特记忆——对于老主顾来说，你不用说要什么，店家就准备好你需要的，仿佛个性化定制了。

当时只道是寻常

102 | 种山记

妻子用水管浇地

杂草

　　我们院子门口，有一摞水泥预制板，长期搁置，无人过问。今天看到两人掀下一块，正在进行分割。他们带来的锤子断了把手，向我借用，看到我们院内杂草丛生的样子，便说一句：平日很少来吧？地都荒了。

　　的确，近日杂草疯长，院子更显荒芜。我们集中处理两个片区，一是院内平日进入房间的路径，如今杂草掩盖小路，不便行走，必须清理；二是围栏外面的两侧杂草，正在向院子这边延伸，影响出行，也需要清理。

　　地瓜生长的区域，因为杂草疯长，难以分辨地瓜秧子和野草。我直接用手拔草，妻子手执铁铲除草，一边清理，一边顺手给地瓜翻秧。南瓜生长的区域，因为杂草的遮蔽，南瓜不易被发现，路过这里容易伤及南瓜，也要重点清理。院内不同地块的杂草，妻子分别动手清理，不同种植区域的模样，渐渐清晰了。

　　清理杂草之后，刚刚出苗的萝卜、白菜显现出来，完全裸露在阳光之下，没有遮挡，容易干涸，需要及时浇水；此时秧苗弱小，采取喷淋浇水的方式补充水分。黄瓜、芸豆等作物，利用支架攀爬生长，因为叶片遮挡，一部分土地不受阳光照射，地面略有潮湿。至于南瓜、地瓜的区域，因为叶子茂盛，土地受到遮掩，地面尚且湿润着呢！

银杏树掩小木屋

蚊子

　　山区凉爽，这是共识，事实并非这么简单。

　　风，是凉爽的契机。小时候学习"常识"这门课，其中歌谣说："零级烟柱直冲天，一级轻烟随风偏，二级轻风吹脸面，三级微风红旗展，四级地面飞纸片，五级小树摇，六级举伞难，七级迎风走不便，八级树枝断，九级屋顶飞瓦片。"

　　原以为，"桃花源"房舍不多，地广人稀，住户较少使用空调，自然就会凉爽。其实，温度较高时，没有风的光临，难以感觉凉爽。闷热无风，依然需要劳作，室外拔草，蚊子时常过来袭击。起初轻视蚊子的攻击力，随即身上多处受到叮咬：头顶没有保护，直接受到袭击；下身没穿内裤，屁股隔着衣服受到"穿刺"；胳膊还被别的虫子猛蜇一下，小刺进入皮肤，一直特别疼痛。后来，我将驱蚊水喷在草帽上，用草帽保护头部；喷在裤子后面，防止蚊子再袭屁股。

　　今夜无风，没有凉爽，热水冲澡，权且降温。打开电扇，风往外吹，借助回旋的风力吹凉，依然难以入睡，睡着也会醒来。今夜如此无眠，打开手机里的APP，倾听评书节目《金瓶梅》。讲述者戏称自己"爱心爵箩筐"，我以为是"爱新觉罗·匡"。他的讲述方式独特，首先进行故事概括，然后采取人物评传式的解读，兼顾雅俗，大俗大雅，知识面宽广，尤其对西方文学、哲学颇有了解，对《金瓶梅》中的人物理解深刻，而且特别具有怜悯心，境界可谓高矣！

香菜开花也是春

送菜

地里野菜蓬勃，仁生菜、马齿苋极多，总共收获两大袋子。

当初，宋遂良先生来到"桃花源"，说到喜欢苋菜。仁生菜属于苋菜的一种，于是打算给他送去。从"桃花源"出发时，我与宋先生通话，他若在家，我便过去。宋先生听说我去送菜，过意不去，我表示不过顺路前往。行至中途，我接到宋先生电话，他要到楼下等待，我也不便拒绝了。

宋先生的住所，位于济南文化东路的山东师范大学宿舍院内。我开车进入院子，接到宋先生的电话，他已经等候在院子外面，我通过后视镜看到他，急忙调头停车，妻子下车给宋先生野菜。宋先生接过野菜，通过车窗递给我几包酱牛肉，说道：快到期，你不要嫌弃。我急忙回答：不嫌弃！此时，我发现后面的汽车急于出门，不便停留，急忙向宋先生告别，开车离开。宋先生挥手致意，那个瞬间，我想到自己的父亲了。

晚上，我收到宋先生的微信：小隐乡间来，送我鲜野菜。绿叶带泥土，暖意溢襟怀。分与友朋食，咸言采撷艰。七月酷暑烈，凉拌作素斋。分别转送与袁忠岳、吕家乡二先生，皆大喜。

袁忠岳、吕家乡先生，都是山东师范大学的文学教授，与我也有交往，我急忙回复：诸先生欢喜，一乐也。

山居日志 | 105

立冬

秋风吹尽日庭柯
黄叶衰时且奈何
一点禅灯半轮月
今宵寒较昨宵多

START OF WINTER

立冬

农历十月十一,立冬之后。

周日多云转晴,上午九点左右,我们开车赶赴『桃花源』。进入冬季,前往南部山区的车辆明显减少了。

剪枝

　　冬天剪枝，将过高、过长、过密的树枝，剪之、钳之、锯之。我竖起梯子，一边摘柿子，一边给柿子树剪枝。单独摘取的柿子，大概二十多个；同时剪下四个小树枝，上面挂着十几个柿子。这是一树风景的浓缩。

　　柿子树过高，不便摘取柿子。柿子树遮蔽阳光，也会影响地面作物的生长。过高的树枝全部去除，过于伸展的树枝剪短，多杈的树枝部分去除。首先使用小剪子和大钳子，粗大的树枝，就得动用手锯，右手感觉很累。

　　树上最后一个柿子大而光滑，特别完好，我伸手摘下，随手放入自己口袋，然后继续忙着剪枝。突然感觉口袋异样，想不起里面有什么，急忙伸手触摸，满手黏黏的东西，一不小心，柿子压成柿子泥了。一时顾不得，继续忙于干活，所有劳作结束，急忙脱下衣服，将口袋翻过来，简单冲洗了。

　　香椿树需要剪枝，去除多杈的树枝，控制生长空间，便于折取香椿嫩芽。香椿树的整体形态耸立，树枝向上生长，不是向外铺张的树木类型。小石榴树低矮，妻子负责修剪，去除过高的树枝，留出树枝生长的空间。小石榴树这个位置，原本就有一棵老石榴树。老石榴树死去，留下枯萎的主干，与新生的小石榴缠绕在一起，仿佛共生，你我相互烘托，也是一景……

净涵天影与秋光

御寒

　　保护树木过冬，需要采取措施。

　　小石榴树自身不能抵御寒冷，拿来布条包裹，外面缠上草绳，相当于给它穿上过冬的棉衣。无花果不能抵御寒冷，去年实施保护，今年艰难生长，没有结出果实，说明无花果难以适应南部山区的寒冷气候。春天购买树苗，种植六棵茶树，如今成活三棵。我并不清楚茶树的特性，自觉应该加强御寒措施，先用玉米秸围拢，再用地瓜秧覆盖，将茶树保护起来。院子里的各类陶瓷水缸，包括储水缸、储肥缸、荷花缸，全部清除内部积水，防止天冷结冰，伤及缸体。

　　防止室内水管冻裂，也是极为重要的事项。关闭总阀门之后，仔细检查由室外进入室内的水管，水管穿过卫生间，由客厅进入厨房，因为水管很长，需要紧固件进行衔接。拧下固定接口的金属件，流出少量的水，说明管内确有存水。水管内部有水，冬季如果结冰，就会撑裂水管，实为重大隐患。此时断开水管，一端向下倾斜，让水全部流出，就是防患于未然。

雪压黄花春犹在

也是山楂树之恋

最后

今天，收获地里的大白菜。我当时未曾料到，这是今年最后一次收获，也是最后一次在"桃花源"收获，更是今生我与妻子最后一次共同收获。随后，"桃花源"的房屋遭到拆除，妻子不久之后突患重病，过去的岁月如影如梦，如梦如影……

可以过冬的蔬菜，尚有菠菜、香菜、韭菜、大蒜等，香菜依然可以随时取用，菠菜视其长成大小，今年还有可能收取，其余韭菜、大蒜等，指望明年开春返青，再有收获。

地里二十棵大白菜，今天收获十八棵，还有两棵留在地里，任由其继续生长。大白菜上多有蚜虫，毕竟不打农药。收获天然蔬菜，不必要求产量。妻子收拾屋子，带走所有的地瓜、萝卜，只余十二棵大白菜，准备再来的时候带走。地里继续留存的作物，还有两棵大白菜、半畦香菜，以及仍然生长的菠菜。菠菜继续长大，可以随时采摘，补充冬天绿色蔬菜的不足。

今天返城，给妻子的朋友黎莉姐送菜，以为只是今年最后一次，其实也是最后一次。妻子联系她，她在返回济南的路上。作为知名医院的出色大夫，她总是忙于讲课、听课、开会、会诊一类事务。送下的蔬菜包括大白菜、南瓜、青萝卜、胡萝卜等，还有一枝柿子，上面挂着果实。进入电梯，我将物品放在她家门口，突然看到倚在门口的莲蓬，这是我们送给她的，此时摇曳枝干，仿佛与我们依依惜别……

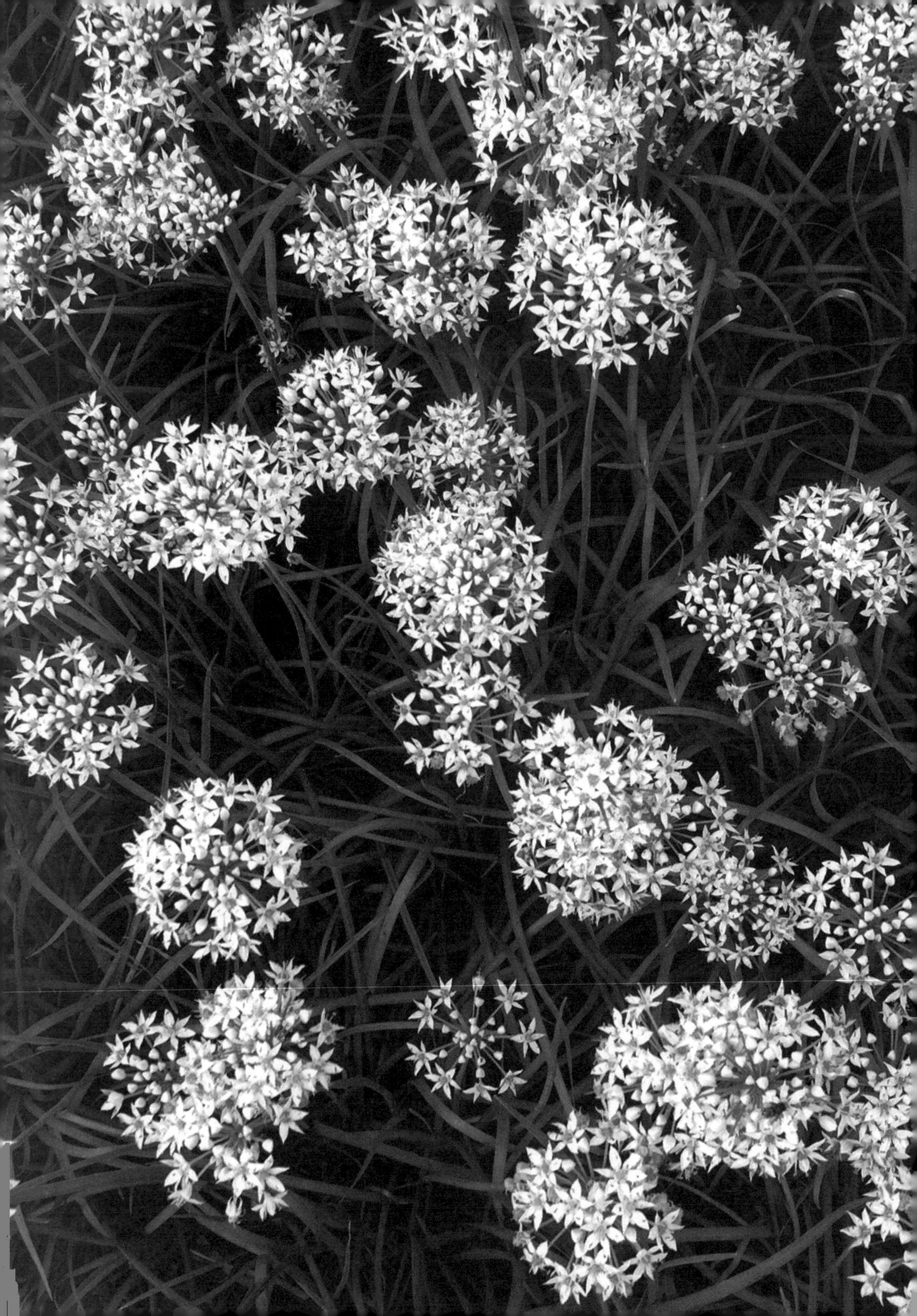

代后记

1.

打小,我想当一个职业写作者,高尚的名字,叫"作家"。

少时的理想,无有种子,后有生长,长得与我同高,得与我同高,我自己瞧得到。我的预计,应该很有名,热度达到100°C,赤裸上身坐在雪地,可以将周围融化。不料几十年穿越,曾经的职业可以用一个巴掌比划,那个理想依然别人看不见,我自己瞧的时候,得偷偷瞧。

2.

在"知乎"网站注册,要填职业,茫然了。

当过老师,曾任编辑,也是记者;下海经商,叫自己策划、创意、总监什么的,算不算职业?后来叫总经理,我不喜欢的称谓。想一想,填"读书人"吧!

少时有理想,自然爱读书,书的来源是个问题,不大,不小。

我少年时,是好孩子,总被善待。

街坊缺乏读书人,保存的只有连环画,不成套,多残本,允许我拿回家浏览,见贝"桃园结义",喜欢"好汉林冲"。小学时,暑假陪老师值班,赐我一本《青年近卫军》,里面有爱情,阅读的时候,联想到一起演节目的宣传队女同学。

前些年,师兄担任司法厅的厅长,我有机会与一监狱长共同进餐,其间说到少时读书,监狱集体宿舍区的小图书馆,我曾流连其中,他诧异。于是说到当年我的舅舅在山东生建电机厂就业,我描述他操作机床的高超技艺,监狱长会心,知道是谁了。我小学毕业前后,常去集体宿舍探望舅舅,因为那里的小图书馆,得见几位异人,不乏读书人。

徐浩峰导演说:人年少的时候,被善待过,一辈子心态不一样。

3.

我所接受的大学教育,就是不要当作家,领导和老师说:中文系不培养作家。我的老师中,有几位出版过长篇小说,如姜岱东先生任等,在我心目中就是作家了。没有当面讨教,担心又一句:我们是培养老师的学校,那时候,表面上课听讲,私下下天天写小说,牛皮信封寄出去,校门口邮箱取回来,认为编辑看走眼,硬一硬心,继续干。

某一次,心仪当时一位女作家陆星儿,写一篇读后评论,她回信了,我心飞翔了。再寄信说自己的小说,女作家不回信了。我后来明白,这样的文学青年,她见得太多,添麻烦了。

有一个原因,以青岛为背景,我高中毕业去过一次青岛,稍有记忆,可以胡编,还有海边的浪漫。另一个原因,喜欢过一个青岛女孩,可以联想,似乎托情。

再后来,那些从来没有"出生"的小说,都化作灰烬了。这一种埋葬,也是可以滋养作物的,那棵树,长得与我同高,别人看不见,我自己瞧得到。

4.

高中一位同学,姓伊,当年的至交。

某日告诉我,当年互寄的信件,我全部保存。他日复印一套,给你。

小学和中学,我随姥姥一起生活。姥姥知我本性,放心放养,其实善待。放学之后,伊同学随我回家,说天下未来,恰同学少年,不乏畅想、畅想,可以比天高;胜天半日,又有何难。

我在秦山脚下读书,伊同学入行伍,开始品尝坠落,少年初识愁滋味,不由地今不大酋。信件往来甚多,说理想和文学时,夹杂现实和疑惑了。我自认为细心人,今日回望,看信,读自己,彼时的书写,竟然一信未存。

我不知道自己当年书写了什么,我知道自己当年书写了什么。

文章是改出来的，改就是进步，就是不满足。这些道理，刚刚明白。想一想，二十世纪八十年代，自己从事编辑职业，专门裁剪别人的文章，其实眼低手低，不自量力。

这一部长篇小说，三十余万字，翻开封面，这样寄语：今生能够遇见你，我很感激！——献给吾妻敏子（1963.4.4—2019.9.15）

李渔先生著《闲情偶寄》，有《素常乐为之药》一文：予生无他癖，惟好著书，忧藉以消，怒藉以消，牢骚不平之气藉以铲除。

妻子走后，我坐在电脑前面，沉入写作，可以安静，让情绪不再波动。这是疗伤的办法，也是唯一。

《素常乐为之药》一文还有：总之御疾之道，贵在能忘；切切在心，则我为疾用，而死生听之矣。知其力乏，而故授以事，非扰之使困，乃迫之使忘也。

我只会、只能、只有用文字表达，表达无法表达的情感、情绪、情愫……

切切在心，我为疾用；迫之使忘，难也！

还好，还好

2020 年 8 月 2 日，观看音乐综艺节目《乐队的夏天》第二季，Joyside 乐队上台表演，与主持人交流。乐队 2001 年成立，2009 年解散，2019 年重组。说起乐队重组，他们用了一个词——"缘分未尽"。

突然想到一句话：我和这个世界缘分未尽！

妻子留影"桃花源"

他操心，办杂事，虽是情愿，到底吃力的。那年扶他走进乌镇住下来，如释重负，从此他身边有人照应了，我可以远远歇一歇。此后我很少去电话、去看他，实话说，我并不如外界所知，对先生那般好。

有时就想，就想，可以对妻子更好一些……

忧藉以消

近年，撰一部长篇小说。妻子尚未查出病症时，完成粗糙的第一稿；妻子病中，完成第二稿；妻子走后，完成第三稿、第四稿……

第四稿，其实已经第六稿，总是不满意，改写的时候，多有问题，反复改写。第六稿之后，还有第七稿，不必统计了——总是不满意，总算有寄托！

丹青先生整理木心的遗稿，写道：可恼的是，每首诗、每一短句、每篇稿子，至少重写五六遍，分布在稿本不同页面，实在难以判断究竟哪篇是他所满意的正稿。

全盘皆输

生活如棋，因为爱情和婚姻，两人结为队友。

对手是生活，虚虚实实的生活，两人共同面对。突然，一人离开，生活变成虚空，不踏实了。这一种输，不是被对手击败，而是独自面对，面对虚空，不知如何出击。

陈丹青先生著有《张弟与木心》一书，张弟是丹青先生的笔名，木心送给他的。阅读其中《守护与送别》等文章，纸巾用光，毛巾拭泪。丹青先生回忆："我又堕入全盘皆输的放弃感。输，包括无数细节。"丹青先生再说："不到两个月，我与木心的关联便节节断裂，如船的下沉，不给你半点措手的余地。"

全盘皆输、无数细节、节节断裂——这是"关键词"。与"全盘皆输"相关的词汇，就是"扳回一局"。

2020年春节之后，疫情围城。极度悲伤的儿子返京，做出决定，离开供职的"爱奇艺"，辞职创业。于是，注册公司，策划项目，寻找投资人，请吃饭，请喝茶。大疫之中，力求险胜，冰点燃烧激情，折腾继续折腾，希望"扳回一局"，在"全盘皆输"之后——妻子，我心中的痛；妈妈，儿子心中的挚爱。

痛，有了；爱，抓不住了。

最后，最后

那个晚上，妻子最后在家，临去医院，时而下床，时而上床，反反复复，不能入睡。我随时搀她、搬她、抬她、架她。妻子喊叫儿子：过来帮你爸爸！

之前，我偶有不耐烦的时候，妻子感叹：你何曾伺候过人啊！

是啊，父亲常年积病，多由母亲照料；母亲突然跌倒，月余走完最后一程。岳父突然发病，当即离开人世；岳母晚年入驻养老院，伺候她老人家的是护工，不是我和妻子。

那天凌晨，妻子进入医院，很快进入昏迷，不省人事。当天晚上，进入弥留状态，第二天凌晨去世。我和家人拒绝为她插管。我在心里说：走吧，走吧！

九个半月，妻子走完一生。

木心先生的晚年，多由陈丹青先生操持，丹青先生坦然：

> 与木心相交的种种难为、积虑、不好办，唯有我知情。这一路为

我和这个世界缘分未尽！

2019 年 9 月 15 日，农历二〇一九年八月十七日，凌晨两点二十分，妻子离开……陈丹青先生的《守护与送别》一文，这样写道：人写出伴送死亡的记忆，据说是为卸除哀伤。

造化弄人

妻子走了，终于明白，何谓"造化弄人"。

独在室内，或走在路上，看到一个画面，听到一句歌词，一念袭来，骤然哽咽，恸哭，像个傻子。然后渐渐平息，渐渐收泪，继续做事。

不敢轻易听歌，歌词泛情，毕竟关情。一句歌词，直戳心肺，怦然泪下。

家中餐厅，墙上挂着电视机，一个人吃饭的时候，电视陪伴，用声音打破寂寞。影视剧的画面，挟带情感，容易偷袭。即使暗黑剧情，《隐秘的角落》《无证之罪》之类，也有温情袭来，让你猝不及防。

只好观看美食节目，回避情感剧集。美食视频众多，《风味人间》《水果传》《人生一串》等。恍惚之间，被《人生一串》的炽热击中，难以下咽……

作家阎连科先生说：人要经过理想主义，再越过虚无主义，最终明白无奈才是人生常态。阎连科先生狠狠地说：人生的终点在那里站定，以后是不会挪动的，不会因为你向前跑，终点就往后退。

突然，我看到了那个终点。曾经的自信、自傲与自在，从指缝里慢慢流失……

门神守岁过大年

准备春节的年夜饭，我和妻子一早开始忙碌，体会到父母等待儿女回家过年的心情了。当初，父母经常站在阳台，向楼下观望，嘴里嘟囔：这些孩子，怎么还不来呢？今天，表弟依照风俗祭奠父母，天黑之后才能烧纸上供，接近七点尚未到来。妻子就说：你打个电话，看他什么时候到呢？

菜肴大多事先料理，不必太忙。饺子无须准备太多，妻子和弟妹干活很是利落。不放鞭炮，已经成为规定和习惯。于是，没有往年春节那种忙碌和热闹。电视里的春节晚会，大家并不关注，只有侄女略有兴趣，等待演员鹿晗的出现。鹿晗的节目一等不来，二等不来，弟弟开始有点着急，鹿晗终于出现了。

弟弟的女儿今年夏天上中学，还是少年。表弟的女儿二十五岁，正在读研究生。少年和青年都在成长，毕竟要过他们的生活，大多将会离开我们，或远或近。我们是独生子女的父母，不久之后，春节就是我们自己度过的节日了。

面对未来，有时不得不想，下一个春节和谁一起过，在哪儿过？

菜，可谓当季作物；松花蛋是下酒的菜肴，现成的食品。

热菜八道，分别是烤羊排、炸藕盒、炸带鱼、蛤仔煎、冬笋五花肉、炒山药、海参豆腐荸荠汤，另外还有一道甜品。我事先炖好羊排，妻子加入孜然、胡椒面等，烤箱加工二十分钟，即成香酥羊排；炸藕盒和炸带鱼，属于当地过年的必备食物，妻子事先处理完毕，我放入油锅煎炸；"蚵仔煎"是台湾风味，海蛎子来自胶东乳山，朋友年前寄来两箱，妻子加入鸡蛋和面粉，使用饼铛进行煎制；冬笋五花肉需要的笋块，煮好存于冰箱，加入五花肉煸炒；海参豆腐荸荠汤，材料已经备好，开锅加入鸡蛋，出锅加入胡椒粉；炒山药由弟弟完成，弟妹削皮切片，上锅翻炒即成；甜品是"油皮卷"，妻子在电视里看到，油皮包裹山药、紫薯、大枣等，上锅蒸制即可。

除夕之夜，不能没有饺子。为了制作彩色饺子，妻子备好多种食材，就是将南瓜、菠菜、紫薯当作颜料，加入面粉，形成黄色的南瓜面、绿色的菠菜面、紫色的紫薯面，不同色彩的饺子相应出现。大家一起动手包饺子，总共两小盖帘，一部分下锅，另一部分放入冰箱冷冻。

除夕之夜，美酒相伴。朋友馈赠的人头马干邑，我和妻子、弟弟、表弟共饮，弟弟五杯，我饮三杯，表弟一杯，妻子一杯。

有来有往

弟弟带来酥锅和炸货，酥锅的内容丰富，有海带、白菜、炸豆腐、藕、猪肉和排骨，炸货是炸松肉和炸藕盒，还有智利红虾和猕猴桃等礼物。表弟带来两瓶葡萄酒等礼物，还给弟弟的女儿准备了过年红包。我们给弟弟的女儿准备了红包，给表弟的女儿准备了小礼物。儿子惦念他的堂妹，从旧金山给她寄来文具、巧克力、冰箱贴等小礼物。

有来有往，传统风俗。亲戚之间，不必拘束，礼物可以实用，可以转送。给弟弟一双皮棉鞋，别人送给我的，托他转送出去。我用过的一个地球仪，送给侄女，她要学习地理课了。剩余的人头马干邑，也让弟弟带走。给表弟一袋熟水饺，一袋弟弟制作的酥锅，还有剩余的牛肉丁。

来年春节

年龄是一把尺子，上面标有刻度。年少之时并不关心，年长之时，渐渐看清上面的痕迹，渐渐清晰起来。

年龄是一把尺子

2017年春节前夕，大年三十晚上，一起吃年夜饭的，分别是我和妻子、弟弟、弟妹、侄女、表弟、表侄女，总共七人。

失怙失恃

我们夫妻两人的父母，总共四位老人，已经先后过世。儿子独自在美国求学，不能回来过年。春节之前，弟弟告诉我，他们一家三口可以前来共度除夕。表弟是我姑姑的儿子，他的父母已经过世，我有意请他们三口一同前来。表弟的妻子刘冰的父母身体不好，父亲小脑萎缩，走路不停颤抖，母亲做过肿瘤手术，眼睛近乎失明，她和哥哥轮流照顾。春节之前，刘冰的嫂子刚刚手术，需要有人照料，哥哥不能陪同父母过年，刘冰只得除夕夜回家，陪伴老人。表弟依照家中规矩，除夕夜要在家中祭奠父母，诸事完毕，才能过来。

除夕下午，弟弟一家三口较早过来。表弟带领女儿过来的时候，已经接近七点，他在楼下按响门铃，我便进入厨房开始炒菜，加快准备年夜饭的节奏。

所谓"失怙失恃"，就是没有父母可以依靠。刘冰的母亲听说我们的安排，感叹道：没娘的孩子啊！

年夜饭

凉菜已经备好，有肉皮冻、松花蛋、拌菠菜、牛肉丁、酥锅拼盘等。我事先煮制肉皮冻，牛肉丁是妻子的杰作，弟弟带来酥锅。菠菜属于露天过冬的蔬

082 | 种山记

女儿。与我有过交往的，主要是三伯父的两个女儿。三伯父家的春凤姐，是我印象最深的堂姐，长得十分漂亮，在山东日照插队期间，自主恋爱，家中父母均不同意，三伯母属于说一不二的角色，春凤姐登记结婚，父母极不情愿。春凤姐个性极强，相信自己的选择，不料中年罹患重病，过早撒手人寰。

他乡故乡

20世纪40年代末期，十几岁的父亲以及同龄的两个侄子，一起离开老家，来到济南城，寻找新的出路。父亲进入百货行，命运几经蹉跎，再次回到故乡时，只是与临终的母亲告别。其中一个侄子进入皮货行，后来在济南皮鞋厂工作，因为在老家娶妻，时常回去看看，最终在老家病故；另一个侄子辗转多处求职，终是不得安身，最后回到老家，孑孓生存，终生未娶，活到八十六岁，最后在故乡终老。

我这一辈，四伯父家的小儿子离家当兵，在大连从戎多年，转业来到上海，在陌生的城市打拼。这次葬礼，他带着十一岁的儿子回家，孩子手执白幡走在送葬队伍前列，这是孩子对老家的最深印象。

如今的故乡，父辈的长者只有一位，就是四伯母，如昏暗的孤灯，如孤灯的昏暗，愿更多的温暖和光亮，能够聚集到她的身边。

当下就想，对所有在外的王氏家族后人说：他乡即故乡。

一位高亢响亮的身兼班主，一位婉转丰富的只是乐手，此起彼伏，仿佛一竞高低。无论唢呐高亢还是婉转，三伯父的长子一直耷拉着脑袋，仿佛什么都没有听见，悲戚之情浸入骨髓，失魂落魄……

这支队伍的目的地，就是村庄尽头的空地，那里摆上供桌，放上供品，铺上席子。儿子、侄子跪在两边，女婿、外甥等客人相继走来，依次跪下磕头，以酒洒地，表示祭奠。仪式结束，点火燃烧纸扎的轿子、驴子，众人围着一堆火焰绕行。这时，我突然看到驴子摇头摆尾，有些诧异，原来不过是火烧纸驴，失去平衡，自然形成的摇晃而已。

故乡送葬的队伍

一辈一辈

父亲兄弟姐妹八人，五男三女，均已不在人世。有的死于非命，有的半世夭折，有的不堪侮辱而死，有的因病故去。寿命最长的是四伯父，一直待在老家，凭借手上的厨艺，能够行走四乡，得以安居故里。

父亲这一辈兄弟五人，共有男性后代十一位，去世三人，现存七人，还有一人不知究竟；女性后代八位，大伯父、二伯父、三伯父、四伯父，每家两个

饭后的餐

我的堂哥前年故去，他是我们这一辈的长兄。八十二岁的嫂子尚在，头脑清楚，办事利落，引我们到她家歇息、喝茶、聊天。王氏家族亲朋相聚，多年疏于联系，加之辈分和年龄差距，血缘关系很近，却不知怎么称呼——五六十岁以为兄长的，竟然是侄子辈分，三四十岁的男女，竟然是孙子辈了。八个兄弟姐妹中，我的父亲年龄最小，我的辈分自然虚长。

中午时分，嫂子带我们三人去邻家吃饭。所谓"邻家"，就是协助办理丧事膳食的邻居家，我们每人端着一碗烩菜，里面有猪肉、炸豆腐、粉皮等。我拿起一个馒头，大口咀嚼，的确饿了。吃饭的时候，见到大姑、二姑家的表哥，他们因为外甥的身份，属于客人。

饭后，我们三人返回嫂子家中，打算歇息一下，等待下午的仪式举行。没有料到，嫂子已经将酒菜摆好，等待我们入席。菜是附近酒店预订的，有肉有鱼，有虾有鸡，量大实惠。原来，按照乡下规矩，出殡人家安排的伙食，必须前去享用。嫂子安排的这个酒席，属于王氏家族自己的家宴，一是感谢前来参加葬礼的客人，二是自己家人的团聚。

接三送三

人死三日，谓之初祭，老家有"接三送三"之说，属于葬礼的重要环节。所谓"接三送三"，我问主持丧事的老者，他并未立即回答。我说"是否就是天、地、君"的意思，他接过话说"是、是、是"。其实，我的说法也是猜测。

传统的葬礼，混合着佛教和道教的讲究，"接三送三"，大概就是请佛接引的意思。"接三"的仪式晚上已经举行，不知什么内容。"送三"的仪式下午两点到四点举行，前面抬着纸扎的轿子、驴子，后面是鼓乐班子，再后面是孙子打着灵幡，三个儿子抬着太师椅，放着称量粮食的容器"升"，里面放着谷物。太师椅四脚不能落地，队伍停下的时候，儿子们用脚垫着椅子腿。几个儿子后面，就是一众侄子，女眷排在队伍最后。

一路队伍在村庄穿过，行走几十米就会停下，鼓乐班子吹奏或者唱曲。两位吹唢呐的，两位吹笙的，一位拉二胡的，三位女性敲锣打鼓，兼着演唱哭调、戏曲和歌曲。曲目多少，取决于出钱几何，由亡者的女婿出钱，一份钱三五十元；鼓乐班子有时奉送节目，显示他们的义气和爽快。两位唢呐高手，

山居随笔 | 079

父辈的终结

2014 年 10 月 31 日，四伯父王福运在老家过世，终年八十六岁，按照当地"虚两岁"的说法，终年八十八岁，灵幡上书"先考福运府君享年八十八岁"。由此，父亲兄弟姐妹八人，全部离世。11 月 2 日，我和堂兄以及表弟三人驱车，返回并不遥远的老家，给四伯父送终。

认祖归宗

按照乡下规矩，先人去世的葬礼，侄子执礼的方式，几乎等同于儿子。我们一行三人，我和堂兄执侄子的礼节，表弟行外甥的礼数。我们向老家年长的亲戚表示：不懂老家的规矩，一切听堂哥安排，你说怎么办，我们就怎么办。

主持丧事的七十二岁的长者，上身穿深灰色中山装，戴一顶呢帽，有威仪的风度，有温和的面容。在他的指引下，我们一队儿、侄、孙排列整齐，向吊唁的客人和帮忙的亲朋磕头，然后候在席棚里，分列两排守孝，等待远道而来的客人，再行磕头礼节。丧事主持人知道我是返回老家的人，客气地表示可以休息，不必拘礼。我说：自己回来，就是认祖归宗，按这里规矩就是了。

如今的父辈，仅存三位嫁来的女性，即三伯母、四伯母，以及排序第五的我的母亲。之前，三伯父、大姑和二姑去世，我随长辈前去凭吊，不得不跪下磕头，内心实在大不情愿。这一次，心甘情愿跪下，向所有长辈表示，儿孙回来了。这样的礼节，在供奉亡灵的席棚里，在感谢邻人的拜谢中，在"送三"仪式的行列中，在棺木入土的告别中。

078 | 种山记

南、上海，最终选择云南，如今在昆明安家立业；小孙女得到她的叔叔帮助，在上海一家汽车修理厂工作，嫁给安徽的一个小伙子，就要当妈妈了。

老家有记忆

我们告辞的时候，四伯父说：小米还没脱粒，带些地瓜吧！

四伯父分别装好两袋地瓜，一袋小的给表弟，一袋大的给我和弟弟。我们离开的时候，四伯父和四伯母送到门外，看着我们远去。弟弟说：回到老家的感觉，就是不一样。

父亲去世之后，最初选定的墓地是"福舜园"，位于历城区港沟镇冶河村，距离榭疃很近，相当于回到老家，叶落归根。后来听说，这里并非民政局管辖的墓地，担心遇到麻烦，决定另外选择。经过朋友指引，选定千佛山南面的羊头峪"长生林"墓地，清明之前，将父亲的骨灰安葬。

还有后话，2019年妻子去世之后，经过堪舆，选定一片大范围的家族墓地，将父母的墓地一并迁移，竟然再次选择"福舜园"，父亲终于还是回到老家附近，叶落归根……

因为父亲，有了老家，有了老家的斑驳记忆。老家的记忆，荡漾着，光影一般；梳理着，水流一般。

老家有离别

据说，清乾隆二十五年（1760 年），我的祖先从外乡来到槲疃。经过高祖王东江、曾祖王荣辉、祖父王登科、父亲王福堂，一代一代生存下来。依据"东荣登福寿，德善庆祯祥，英俊承先泽，文明继世昌"的辈分排序，我是属于"寿"字辈的。

父亲兄弟姐妹八人，他最小。父亲去世之后，只有四伯父一人在世。大伯父年龄最长，他的儿子与我父亲基本同龄。20 世纪 70 年代，大伯父在老家去世。二伯父最为聪慧，据说能够双手执笔书写，20 世纪 50 年代初期离世。三伯父来到济南城里，一直在济南市历下区人民医院工作，20 世纪 80 年代罹患癌症，去世之后，骨灰送回老家。父亲 1994 年突发脑出血，手脚行动不便，2008 年之前还能自理，随后两度跌倒，苦苦支撑到 2012 年的年底，撒手人寰。大姑去世的时候，父亲患病不能前往，我和小姑夫前去祭奠。二姑搬迁至济南城郊，当年去世的时候，我和父亲一同前往。小姑和父亲的关系最好，临终前的一段时间，总是念叨她的弟弟和她的孙女，这是她最放心不下的人……

四伯父留在老家，他的后代努力改变自己的命运——小儿子在大连当兵，转业到上海，如今在上海市公安局工作；大孙女大学毕业后，辗转于泰安、济

我与两位堂兄

老家有亲人

2013年1月19日，农历腊八，我又一次返回老家槲疃，我的弟弟同行，还有姑姑家的表弟。

八十七岁的四伯母正在和面，八十六岁的四伯父将热水灌进暖水袋，面盆和暖水袋放到棉被下面，便于面粉尽快发酵。六十七岁的堂哥在外面拾粪，遇到我们三人，一起回家了。

四伯父面对两个侄子和一个外甥，思维清晰，说话流畅。因为亲戚关系不同，所以称呼不同，我称呼"爷爷"的，表弟称呼"姥爷"，需要四伯父通过称呼，明确对象，回答问题。四伯母头脑清晰，说话清楚，只是不说话时，下嘴唇不断哆嗦，毕竟上年纪了。

这次返回老家，是向亲人告知父亲亡故的消息。看到久未见面的四伯父，突然涌上难以遏制的哽咽，泪水流下，毕竟这是面对家人。当初大雪封路，交通十分不便，没有及时通知老家的人。如果四伯父得到消息，他老人家执意要来，年迈不便出行，当时就会两难。没有及时告知，等于失了礼节，担心受到责备。四伯父没有任何埋怨，只有理解和悲伤——悲伤自己的弟弟，理解事后的告知，说到积雪山路的交通不便。

我和弟弟及两位堂兄

老家有多远

老家其实不远，开车四十分钟可以到达；老家其实很远，三十岁之前，记忆中曾经回去一次，还有不曾记忆的，那时我一岁左右。老家进入我的视野和意识，只是在最近几年……

老家叫榔疃

因为历史变迁，这个村庄有过许多名称，叫作榔炭、榔疃、湖潭，还曾叫作"万和村"。原来的户口本"籍贯"一栏，父亲一直填写"湖潭"两字，这个名称通俗易懂，不用解释。如今，这个乡村名称重新回到最早的"榔疃"。"榔"即一种落叶乔木，树皮可制栲胶或染料，叶子和果实可以入药；"疃"相当于"屯"，就是村庄的意思。

榔疃这个村庄，根据父母的述说，我小时候回过两次。第一次是我出生十个月，传来奶奶病重的消息。父亲离开老家十几年，这次回去探望，带着奶奶从未见过的儿媳和孙子。第二次，我一岁三个月，奶奶去世，父母带我回去奔丧。此后近二十年，我与故乡没有任何牵连，也与老家的亲人几乎没有联系。

我二十多岁时，三伯父在城里去世，骨灰送回老家安葬，我随同返回故乡。当时懵懵懂懂，不辨亲戚关系，不知如何称呼。然后，又是二十多年过去了，2007年春节，我突然产生强烈的欲望，决定回趟老家。我和妻子开车前往，那时大约一小时路程，见到八十多岁的四伯父和四伯母，以及他们的儿子、孙女……

074 | 种山记

获季节分享食物，产生饕餮盛宴。贪婪的欲望通过饮食表现出来，后来成为过度饮食的心理印记。今天，无处不在的餐饮场所，全天营业的食肆酒店，日益方便的外卖送餐，让你足不出户享受美味，满足口腹，累积脂肪。

梁冬先生著有《处处见生机》一书，借鉴台湾王唯工先生的观点，论及美国、德国胖人的饮食特点，概括如下：他们喜欢喝可乐和啤酒，其中含有二氧化碳，二氧化碳在身体里面形成碳酸，容易腐蚀脏器和骨骼，身体寻找保护方式，就用脂肪把碳酸阻隔起来。碳酸在肝脏部位，保护方式就是脂肪肝。很多脏器都用脂肪包裹，甚至肠道都是这样，导致身体内部到处堆满脂肪。

根据人类与食物演化关系的理论，味道包括甜、酸、咸、苦、鲜，甜和鲜意味着食物富含营养。人们对甜食的喜好，源自人类早期品尝水果的经验，成熟水果富含甘甜的糖类，对猿猴和人类而言，这是难以拒绝的。人类的甜味感受器在舌尖，人最容易感知甜味。婴儿早期感知的味觉，首先是甜。

在美期间，我们多次前去甜品店，品尝美式甜甜圈、圆饼加草莓、焦糖蛋糕、花生酥、咖啡巧克力等。我们知道冷饮的危害，能够控制欲望，没有更多品尝冰激凌等美式甜品。冰激凌等冷饮甜品进入胃肠，产生麻木的作用，促使人们继续进食，多而不觉。

节食减肥

有一个阶段，儿子称我"胖子"。

我个头不高，体重曾经达到七十五公斤，就是一个胖人。后来，我采取"减食"和"断食"的方法，控制体重。减食，就是每日两餐，过午不食；断食，就是每周断食一天。每天早上称重，超过预期重量，立即断食一天。一年之后，体重减至七十公斤。

2016 年，母亲去世之前，我和弟弟轮流照料。心情使然，没有饥饿感觉，相当于短期减肥，体重保持在六十七公斤左右。2017 年以来，继续"减食"和"断食"。美国之行，每日外出，增加运动量，基本保持一日两餐的习惯，回国之后称重，体重减至六十五公斤。

有一次，儿子习惯性称我"胖子"，旁边的人说：你爸不胖啊！

私人空间与公共空间的区分，以及相应的行为规范的重视，是一种相当明确的社会意识。身体空间、个人空间或者私人空间，都是个人按照自己的意志自主控制的领域。人与人之间存在着不可见的边界，个人无权干涉他人的私事。在此，免受他人干预的权利，以及避免干预他人的义务，是同时出现的。

借鉴李博士的分析，可以窥探美国胖人产生的社会因素——从"生理的身体"来说，我自己愿意做一个胖人，这事与你无关；从"社会的身体"来说，胖或不胖是你自己的事，与我无关，我不会议论、干涉，更不会鄙视、指责。于是，没有指责和鄙视，胖人自由自在，坦然自信，谈笑自如，快乐生活。

李博士谈及"群己边界"的概念，认为个人权利和群体权利，应该划定界限，个人的事情个人决定，集体的事情大家决定。可以说，允许人们将自己视为个体，私人空间才会变得越来越重要。

美式饮食

饮食因素，也是胖人养成的重要成因之一。

随着农业社会的诞生，人类生活大变，由采集、狩猎转向农耕、畜牧，收

美国咖啡馆购物

儿子和美国同学

驾驶越野车同行，顺便帮助儿子运送。其间，我们在咖啡厅小坐，对面的女生脸庞较小，长发披肩，身材匀称，臀部及大腿明显丰满。这种体型的特征是肩窄、腰细、臀宽、大腿丰满，上半身不胖，下半身易胖，脂肪沉积在下肢。这位女生的专业是油画，作品多是油画人物，我略略浏览一番，的确有我喜欢的艺术风格。

美国之行，眼之所见，胖人很多，体积较大，全身堆满脂肪。反观中国，大多数胖人的脂肪集中在腹部，大腹便便。不过，全身脂肪的超级胖人，在中国的比例逐年升高。

社会原因

美国胖人较多的社会原因，通过阅读有所认知。

李荣荣博士著有一书，即《美国的社会与个人：加州悠然城社会生活的民族志》，被人类学家阎云翔先生称为"一部近乎完美的人类学著作"。此书强调身体是文化或社会关系的产物，涉及胖人产生的社会因素，摘要如下：

我们知道，身体或身体行为，不仅是一种自然事实，还是文化或社会关系的产物。又如道格拉斯指出，人的身体具有双重性，即"生理的身体"和"社会的身体"。在美国人的日常生活中，对个人空间、

山居随笔 | 071

胖人养成

2017年5月来到美国，参加儿子的研究生毕业典礼，在大洋彼岸盘桓二十多日。回来见到朋友，有人问我观感。其实，我缺乏深入认知，一是时间短暂，走马观花；二是缺乏英语沟通能力，缺少人际交往。说到观感，只能这样言明：说说所见，难言究竟。

美国胖人

我的职业生涯，先当教师，后任编辑，然后进入广告传播、品牌策划、影视制作领域，说服别人是职业本能，容易产生"正根在我"的思维定式。如今只谈现象，不谈原因，说说我在美国见到的胖人。

飞抵旧金山的当天，参观儿子及其同学的毕业作品展，地点是一家弃用的造币厂，厚重的大门诉说着往日的森严。造币厂的楼上，设置一处小平台，摆放自取的点心和饮料，人们驻足此处交流攀谈。我巡视四周，看到人们无论美丑胖瘦，步态有弹性，神情有自信，交流有神采。几位男女之中，一名年轻女子特别肥胖，几乎相当于两个平常女子的身材，穿着类似三点泳衣式的布片，并不介意露出大腿、腰腹的赘肉，依旧坦然自信，谈笑自如。

随后，在市政厅附近一处礼堂，举行旧金山艺术学院毕业典礼。八十名硕士和八十一名本科生，受到校长和研究生院院长的热情接待。领取毕业证书的学生，高矮胖瘦不同，年龄阶段不同，有抱孩子的，有牵小狗的，有口含摄像头的，一样坦然自信，同样谈笑自如。

一日，我陪同儿子前去他的工作室，搬取放在那里的物品。一位美国女生

070 | 种山记

俏也争春春来到

总量，如同人的呼吸，是个定数。一呼一吸，对应气息总量；一进一出，对应食物总量。人们言及小孩健康，"要想小儿安，三分饥与寒"。关于节食和长寿，"晚饭少吃口，活到九十九"。某人生命将尽，就说"气数已尽"。

时光不会倒流，我们都会老去，这是自然法则。节制饮食，不是为了活得更长，而是为了生存质量。活着的时候，保持身心的愉悦和健康。

饮食干预

BBC 有一部纪录片，叫 *Eat, Fast and live longer*，中国的译名是《节食与长寿》，探讨怎样防止衰老，以保持身心的健康。纪录片的核心观点，就是通过简单的饮食干预，降低生长因子的分泌，改变人体内部的细胞状态。

评定衰老，无须特殊器材，你闭上双眼，用非惯用腿单腿站立，根据平衡站立的时间，可以测定衰老状态。平衡功能由内耳决定，人老化的同时，内耳结构也会衰老，平衡性就会降低。五十五岁的人，可以支撑八秒，二十岁的人可以支撑三十秒。

专家研究发现，人体分泌一种生长激素，即"类胰岛素一号生长因子"，不断促使细胞分裂，加速衰老。饮食过程中，大量摄取热量和蛋白质，细胞处于"加油"模式，不断促使细胞消耗能量，细胞生长过快，细胞原有的损伤不能得到有效修复。减少热量和蛋白质摄入，降低生长因子的分泌，最直接的办法就是禁食。禁食可以帮助延缓阿尔茨海默病、健忘症等疾病的发生，降低血糖含量，大脑还会产生新的脑细胞。

第一种办法，是"每日低热量"饮食法，每天摄入两千大卡以内的热量，即每天食用水果和蔬菜，限制热量摄入，获取应有营养。第二种办法，是"每月三天四夜"禁食法，在三天半时间内，只喝大量的水或茶，通过几天禁食，让体内葡萄糖消耗殆尽，进而燃烧脂肪，肝脏不再产生大量的生长因子，细胞被迫自我修复。第三种办法，即"间歇性"禁食法，第一天，按人体能量需要的 25% 饮食，相当于只吃午餐，并非完全"断食"；第二天即"进食日"，想吃什么就吃什么，按正常食量饮食。实验表明，大多数人第二天的食量，是正常时的 110%，稍稍超过平时食量。第四种办法，即"五二饮食法"，每周五天正常饮食，其余两天限食，只吃一顿饭。

法无定法

西方认识世界的方法，就是科学实验，从小老鼠、小白兔到人，反复试验，得出结论。东方认识世界的方法，偏重经验主义，加之自然法则，常人难以知道原理。"是法平等，无有高下"，东方、西方都有指导"断食"的具体方法。

关于"断食"，南怀瑾先生这样建议：一星期中，一天一夜不吃饭，清理清理肠胃，那是非常好的，非常合乎生理卫生。道家认为，人的食物摄入

咸淡生活

中国人的身体里储存着"饥饿因子"，这是毋庸置疑的。

远了不说，20世纪的前面几十年，吃饱就是一个普遍问题，困扰着大多家庭。最近，偶尔观看《平凡的世界》，路遥先生的小说改编的电视剧。二十世纪七十年代中后期的山西农村，吃一个白馒头，是老奶奶在节日享受的唯一食物。平日，媳妇心疼丈夫，盛粥的时候多给他一点稠的，受到丈夫的语言指责，导致良心上的自我谴责。购买粮食需要"粮本"的时代，附有语重心长的提醒：忙时多吃，闲时少吃，忙时吃干，闲时半干半稀，杂以番薯、青菜、萝卜、瓜豆、芋头之类。

有人总结，西方人离不开糖，中国人离不开咸菜。更具体说，咸菜的核心是盐，咸菜的口味是咸。在贫瘠的日子里，咸味可以下饭，"咸"和同门兄弟"辣"，都是北方、南方下饭的好角色。对于当年的劳苦大众来说，多吃饭，为了长力气；长力气，为了多干活；多干活，可以多挣钱；多挣钱，可以获得咸菜之外的菜肴。

没有咸菜，也许是个问题。前些日子，儿子从美国旧金山打来电话，说那里的咸菜和国内不一个味儿，吃起来不爽，想念家乡的咸菜。后来，又电话告诉我，旧金山的超市里，中华料理需要的食材竟然应有尽有，还有四川榨菜，咸菜的问题解决了。

五谷为养是根本

山居随笔 | 067

活得更好

无须应酬，方能活得自由；咸淡多少，说明生活状态；节制饮食，关乎生存质量。

无须应酬

春节期间，初一到十五，我没有需要应酬的饭局，唯一的朋友聚会，就是徐行健先生约我喝茶聊天，还有孙国章先生和尹延滨先生，他们都是长我二十岁的兄长。聊天内容，多是读书心得、艺术见地，或沟通或争论，平等而惬意。茶叙之后，依然是随意小酌，不是应酬，而是缕缕温暖和身心畅快。

畅快之中，也有小碍。我们常去的酒店，就是"阳光精品家常菜"。春节过后，酒店缺乏厨师和服务员，只能提供标准的套餐，按人头计算，最低标准每人一百三十八元，凉热菜品加起来，总共十道之多，我们四人吃不下。虽然不喜这样的盛宴，但这是唯一选择。房间落座之后，服务员过来服务，熟悉的门店经理急忙过来道歉。

如今自己"眼大肚子小"，有大快朵颐的欲望，没有饕餮的能力。这话形容身边许多人，肯定也是恰当。小时候食物匮乏，那时累积的吃喝欲望，尚未完全消解；近年食物丰足，累积皮下脂肪，消解脾胃能力，肠胃动力不足。今日一餐，剩余许多，冻粉鸡丝、土豆排骨、松蘑粉条、干炸虾仁，未能吃掉一半。如果换作平日，只需四道热菜加上两个凉菜，足够我们四人愉悦口腹、谈天说地了。

艾灸。这种与大自然亲近的感觉，不知是久违了，还是从未享受过。

田间劳作，光着膀子，肩上搭着毛巾，从地里来到露台歇息，茶水已经沏好。温度适中，大口喝下，一杯清茶的滋润，透彻全身毛孔。这是大家共同的感觉，就是劳作之后的酣畅淋漓。平日久坐办公室，身体内部的气血有些阻滞，每次辛苦劳作，大腿都要酸痛两天，这是气血重新通畅流动的反应。

如今，土地的赏赐变成现实——不施化肥，不用农药，一根白萝卜的长度，竟然达到五十多公分；胡萝卜蒸熟之后，香甜可口，似乎添加蔗糖；青萝卜清脆爽口，生食最佳；香菜收获多多，久违的香菜炒肉丝重新上桌。这一切，只要播撒种子，及时浇水，顺应天时，就能收到土地无私的馈赠，所谓"厚德载物"，就是土地之德。

理想

一位华人编剧这样说：我希望在乡下有一个小小的房子，有块地可以让我种菜。我喜欢种菜、犁地、浇水、抓虫子，那都是实打实的劳动。它每天都长给你看，每天都在改变。你付出多少，它就能给你回报多少。不像写东西，我写了半天，都不晓得这个东西最后能不能写成。

理想，可以因为宏大而高尚，也可以因为质朴而美好。

学着

我说，"学着"做点儿无用的事，这样形容，并非谦虚。

譬如农事，因为我自小没有机会亲近土地，忽视土地的巨大价值，农事技能一无是处，土地情感尚未建立。后来进入"桃花源"，开辟自己的第二居所，天天与土地打交道，必须向农人学习，向自然学习。还要学会相处，与四季相处，与土地相处，与"地、水、火、风"相处。

2011 年开始，学习播种，懂得浇水，动手锄草，等待收获。眼看作物长出、长高、长大、长成，蔬菜开花、结果，土地的力量化为现实的收获，与土地之间的情感建立起来。这种情感，我曾经无知无觉，并不看重，也不在意，如今不但凝结，而且深深地封藏起来……

操持农事，例如怎样栽种大白菜，何时拢起大白菜的叶子，防止叶子散开，具体而细微；怎样栽种萝卜，如何堆起田垄，便于萝卜扎入松软的土地，细微而具体；播种香菜时，怎么掌握种子的疏密，冬天如何用草苫子覆盖，保温保湿，这些具体而细微的事情，都要亲手操持，不能有所疏漏。

操持农事，耕作种植，渐渐亲近大地。进入深秋，临近冬天，阳光洒到后背，一边劳作，一边享受阳光的抚慰，所谓"天灸"，就是上天给你进行

绿叶红芽自带香

小柿子和甲骨文

网络传播。上传和备选的文章，竟有六十多万字。也许哪天心血来潮，选择八万、十万文字，结集付印，自得其乐，朋友捧场，岂不快哉！

涂抹点儿东西，就是手执毛笔，留下黑白的痕迹，有人曰"书法"，有人叫"走字"，更有自称"书法家"的人，比比皆是。于我，就是借助笔墨这类传统文人器具，认知祖宗箱子底的甲骨文，初步识字，进而明义，溯源汉字演化的历史。不用琢磨哪天举办书法展览，不必考虑在"书协"挂什么头衔，不必寻思一张书法作品换多少银子。如今识得千余甲骨文，可写数百甲骨字。某日集字，凑成一副对联"一花一世界，一士一如来"，一个横批"人间般若"。也许，哪一天信心满满，斗胆写字装裱，腋下夹之，送给一二同道，显摆自己小有进步的"小学"知识，岂不快哉！

读点儿东西，大到经史子集，小到多种期刊，还有网络文章。快乐地、舒缓地阅读，一点点地积累知识和见地。特别喜欢的，需要深入领悟的，如果足够短小，譬如《心经》，可以背诵一下，偶有打坐时光，可以默默念诵。特别喜欢的，需要深入领悟的，如果篇幅较长，譬如《金刚经》，可以时时诵读，以期滚瓜烂熟。如若更长、更深，难以领悟理解，譬如被誉为"修行大全"的《楞严经》，"今日得持首楞严，不读天下糟粕书"，有其陪伴，岂不快哉！

山居随笔 ｜ 063

做点无用的事

"例外"和"无用"，都是服装品牌。经营者颇具文化素养、审美高度和品牌意识，把大道理植入小商品，传播自己的理念，润物无声。

大用

2012 年的一天，收到一期《新周刊》杂志，封面主题是"做点无用的事"。

这些日子，阅读南怀瑾先生的《庄子南华》，经过南师指点，感受庄子的内蕴，聆听庄子的教诲。其中《人间世》一章，庄子讲述大树的故事。

社庙之中大到百围、高有十仞、遮天蔽日的栎树，没有橘树、桑树、柏树那般实际功用，在人们眼里属于"不材之木"，无可用也。所谓"无用"，就是"以为舟则沉，以为棺椁则速腐，以为器则速毁，以为门户则液樠，以为柱则蠹"。栎树没有小用，而成就大用，成为人们敬奉祭祀的高大神树。

于是，庄子曰：山木，自寇也；膏火，自煎也。桂可食，故伐之；漆可用，故割之。人皆知有用之用，而莫知无用之用也。

无用

近年以来，学着做点儿"无用"的事情。

写点儿东西，有人叫"文章"，有人叫"随笔"。于我，就是用笔、用心记事传情，无须琢磨用文章换银子、谋生活，不受编辑和出版商的约束，不必操心结果。2007 年始，我在新浪网站开了"博客"，一边累积文章，同时

062 | 种山记

也是一对"男女搭配"，对应"干活不累"的说法。男人忙于面案，刀在案板上行走，永远没有一句话。女人在油锅前忙碌，手里拨弄油条，伴着油的沸腾和油条的挺直，嘴里几乎没有停歇。女人不停说的，都是对顾客的关照，实用的或者礼节的：你离远点儿，别让油蹦到你；你要炸老一些的，还是嫩一些的；你等一会儿，马上就好；你过一会儿再来，我称好了，给你放一边儿。

女人除了口中的关照，还有行为上的信任，总是让顾客自己放钱、找钱，眼睛并不关注，透着十分的信任。除非顾客主动提醒，她才配合式地看看，一则不让自己拿油条的手触钱，二则形成和顾客的双向信任。一来二去，默契产生好感，出来购买早点的叔叔阿姨，不由自主来到她的摊位，排起或长或短的队伍，将由好感形成的亲密关系，转化成一种消费习惯。口味，大概可以忽略不少了。

这一对炸油条的男女，早已有过喜事，不必告诉顾客"家有喜事"；这一对男女，没有一天缺勤，不必告诉大家"星期天休息"。他们在这条普通的街道上，工作着，忙碌着，生活着，是老百姓眼中最美丽的"油条风景"。

东西南北

在和平路附近平常的十字路口，汇聚着最为平常的商贩和摊位。人们过日子，需要时时光顾这些地方。大家的潜意识里，渐渐形成许多认知和习惯。

十字路口西面，有一家"净香园"卤肉店，销售香肠、烤肠、烤肉等卤肉熟食，主顾不断。临近节日的时候，需要排队购买，甚至需要预订。路口南面，有一家"刘家炒货"，销售瓜子、花生米、栗子等，炒制的花生米特别香，还有炒制的南瓜子，我特别喜欢。

路口东面，有价格便宜的一家超市，名叫"乐世达"，过日子的老百姓最常光顾，生活里所有需要的物品，几乎都可以便宜地解决。省钱找乐，诸事顺遂，世道炎凉，可以达观。路口北面，有一家豆腐坊，售卖豆腐、豆腐皮、豆腐脑、豆浆，平日经常有人排队，店家典型的东北口音，街坊邻居听惯了，觉不出差异，东北人感觉回到故乡了。

东西南北，油盐酱醋，寻常生活，就是最实在、最美好的百姓日常。

我经常来这里买菜、买蛋，也到这个摊位购买花生米。我喜欢那种小粒的红皮花生米，每次购买两三斤。男子手执长柄勺子，舀上花生米，倒入塑料袋，秤高高的。他说：今年的新花生米还没下来，这是去年的，特别干，你尝尝怎么样，新的快要下来了。

男子总是这样的态度，平和之中有些热情，言语清楚，表达明白，并不夸张，也不冷淡，属于我喜欢的那类买卖人。于是，需要购买花生米的时候，我会想到农贸市场的这个摊位。

某一日，我走进农贸市场，首先来到销售"莱芜黑猪"的摊位，购买猪后腿肉，卖家细心地拔下猪皮上的黑毛，我耐心地等待着。

随后，我准备前往五谷杂粮的摊位，再次购买花生米。渐渐走近，发现摊位上的货物全部用布盖着。我上前端详，货物上面摆放着一张硬纸板，上面写着几个安静、端庄的大字：星期天休息。

油条风景

街角附近特别火的，还有一家炸油条的摊位，也是总有人排队。别的油条摊不温不火，这里显得异常火爆。

刚刚炸好的油条

上前去，看到关闭的大门之上贴着一张红纸，上面写着几个眉开眼笑的大字：家有喜事。

星期天休息

这个街角的南面不远，就是一家农贸市场。你顺着人流往南走，经过一段下坡路，就会进入这个地下农贸市场。市场里摊位众多，卖蔬菜的占据最多地盘，因为人们每天都要买菜做饭；卖肉的更是扎堆儿，形成两大长溜儿，属于市场里的重要角色；卖水果的位于市场入口处，位置特别显眼，也是不容忽视的人物。市场里的配角，就是少数卖五谷杂粮的，几个卖油盐酱醋的，几户卖鱼虾水产的，几位卖豆腐和豆腐皮的。

卖五谷杂粮的一对男女，男子瘦小精干，面皮白净，性格温顺，女子也是温和的样子。我的父母住在附近，母亲平日照顾生病的父亲，几乎不能出门，

葫芦开花向碧蓝

人生最美是寻常

寻常，最美，两极的概念，原本就是一件事情。

家有喜事

济南和平路南侧的街角，有一个小烧饼铺，在这条遍布小吃店的街上，相比其他几家烧饼铺，不是最火的那个。

最火的那家烧饼铺，制作莱芜烧饼，一日三餐时分，总是有人排队购买，一个普通烧饼七角钱，一个油酥烧饼一块钱，一个肉烧饼两块五。排队购买普通烧饼的人最多，烧饼直接装入塑料袋；油酥的以及肉烧饼，改用纸袋包装，上书"皇家贡品"，基本不用排队。这么兴隆的生意，也有主动关门的时候，譬如夏天收麦子的季节，烧饼铺就会停止营业，大家都回老家干活去了。

街角这家小烧饼铺，主要制作小巧的麻酱烧饼，月饼那般大小，一个麻酱烧饼七角钱；大个儿的油酥烧饼，一个一块钱；还有豆沙烧饼，也是一块钱。这里常有顾客光临，基本不用排队，生意不温不火。烧饼铺里一对青年男女，二十多岁的样子，青春气息洒在脸上，有平和的热情，也有热情的平和。

知情人说，这是毕业不久的两个大学生，应该就是一对情侣。如今大学生并不稀罕，一抓一大把，都想寻找钱多不费力的工作，所以更难找到工作，大多"宅"在家里，没有固定的职业，与处于更年期的爸妈较劲。于是，面对烧饼铺的这对男女，大家竟有些敬意了。

忽一日，街角的这家烧饼铺关门了——你远远地走过来，日常的风景看不到，忙碌的青年男女看不到，麻酱烧饼的味道闻不到，心生诧异。细心的人走

058 | 种山记

种子制成的糖，种子是作物的生命之源。

关于"辛"，可以帮助消化，也容易使身体干燥。典型的食物，包括桂皮、生姜、八角，还有胡椒、香叶、白芷等，放入阴寒之物中，增加热性。八角也叫"大茴香"，据说药物"达菲"是从八角中提取出来的。

关于"咸"，最为典型的食物自然是盐。最好的盐，不是海盐，而是井盐，譬如自贡井盐，海盐杂质较多。吃肉，也相当于吃盐，肉里有血汗，血汗里有盐。

本能

日常，我们吃的许多食物，许多水果蔬菜，有味无气，因为是被催熟的，不是自然成熟的。储存在冰箱里的食物，阳气被冰冷杀死，更偏寒性。

尚未成熟的水果，本能地进行自我保护，不愿被人吃掉，自然对人无益。尚未成熟的水果，通过催熟剂进行催化，并非自然水果。成熟的水果味道甘甜，通过人的食用，间接播种，意在繁衍。

所谓"少许"，属于中餐烹制的对应概念，源自人的本能，相比意识更加高级。有人相信科学指标，有人保存人的本能。神农尝百草，凭借人的本能。

山居随笔 | 057

葱葱郁郁更抖擞

五味

　　"味"是滋味，是品尝出来的，属阴。五味有酸、苦、甘、辛、咸，延伸至涩、焦、淡、辣、鲜，总共十味，对应肝、心、脾、肺、肾。舌头干裂，味蕾死去；舌苔过厚，吃东西没有滋味，甚至味同嚼蜡。

　　关于"酸"，对肺好，对肝不好。酸，可以降低血压，消除多汗症状。

　　涩的药物，一是桑叶，可以收敛、消汗；二是山药，也叫"薯蓣"，不要抛弃皮和须，有益于肺和大肠，易于大肠内的微生物生存。植物的整体，包括根、茎、叶、花、果、实。山药属于根须部位，食用山药过敏的人，往往受过贼风。人身体虚弱，进入恢复期，小米粥和山药最为补益。涩的食物，最为典型的是柿子，可以滋阴润肺。柿子存在地窖里，放在麸子上，可以保存两年。柿饼上面的白色，是自然结晶的糖分。

　　关于"苦"，应该有意识地增加吃苦，有意识地减少吃甜。苦的食物，包括锅巴、烤馒头片、烤地瓜的黑焦部分，还包括咖啡、茶叶。可以喝点儿熟普洱，也可以冲泡炒米。厨师炒制糖色，不单单是为增加色泽，还要增加苦味。

　　关于"甘"，对应淡。平淡，人的最基本需要，所谓"甘受和，白受采"。小米干饭，最为平淡，最为补益。平淡的作物种子，可以转化为甜，如麦子制成的麦芽糖、高粱制成的高粱饴，都是最好的糖。甘蔗和甜菜制成的糖，低于

056 ｜ 种山记

小萝卜爱玫瑰花

吃草；二是去势；三是吃奶的小羊没有膻气。视力不好、指甲脆的女性，可以服用当归生姜羊肉汤。

关于"骚"，食肉动物发出骚味，人们常见的狗和鸡，都是食肉的动物。这类肉食，补充阳气的力量强大，副作用也不小。有狐臭的人，相当于骚味的排泄。心气弱的人，如产后抑郁，可以喝鸡汤，吃鸡肉，补充阳气。

关于"香"，平和、温补脾胃的牛肉，就有甜香之气。牛肉相对平和，煮制时往往添加许多香料，便于唤醒人体内的消化本能。牛皮非常好，可以制成黄明胶；阿胶最早用牛皮，后来用驴皮。牛尾，还有羊尾，都处于动物的督脉一端，补的作用更强大。

关于"腥"，水里的动物多腥气，多寒性。水里的动物比较平和的，一是带鱼，人工不能饲养，新鲜的带鱼清蒸就好，不要超过七分钟，蛋白质不固化；二是鳗鱼，被称为"水中人参"，鳗鱼骨头可以烤着吃。水里的螃蟹补肾，螃蟹的肉都在骨头里，肾主骨。

关于"臭"，可以唤醒大肠杆菌对食物的分解。我们目前闻不到臭，所以多处于肾亏状态。小时候，露天厕所遍布，你不得不闻臭味，躲避不了。多吃臭味食物，可以补肾，包括臭豆腐、臭鱼，以及发酵食品大酱、纳豆、味噌汤等。

关于"喫"

　　2018 年 7 月 8 日，农历五月廿五，戊戌年己未月辛丑日，周日下午，北京厚朴中医学堂徐文兵先生的讲座，听之记之，摘要如下，存之习之。

原则

　　"喫"，不应该是"吃"，不应乞讨。

　　吃的原则，因人、因时、因地而异。因人，彼之蜜糖，我之毒药；因时，人的口味与四季有关；因地，人的口味与地域有关。吃的原则，想吃啥就吃啥，恢复人的本能状态，先天本能高于后天意识。

　　"五四"之后的很长一段时间，中国人产生极度的自卑，否定一切传统，扬弃传统精华。如今，人们打着科学的旗号，做营销，卖药品，卖商品。

五气

　　气味，就是闻气、尝味。

　　气味相投，往往是人们交往的第一因素，甚至因为气味，一见钟情。你以为"鲜花插在牛粪上"，其实他俩气味相投。

　　气，与肺有关，与督脉有关，与心神有关，可以唤醒人们的消化功能。五气，膻、骚、香、腥、臭，不是客观存在，而是主观感觉。

　　关于"膻"，吃草的偶蹄类动物，发出膻味，如羊肉，有补肝气、补气血的作用，肝气弱的人喜欢吃。羊肉膻气的去除办法，一是让羊吃饲料，不

054 ｜ 种山记

滋味流转

当年，我在八一立交桥附近上班，骑着自行车往返，单程五十分钟，沿途顺便购买吃食。山东工业大学北门附近，文化西路南侧，有一处销售"压板肉"的店家。"压板肉"混合瘦肉、肥肉及肉皮，方方正正，切块售卖；还有放入瓷罐的"东坡肉"，广口直身的浅褐瓷罐，里面是滋味的凝结。如今的文化西路，不见"压板肉"和"东坡肉"，好在还有"一户侯白斩鸡"，也是存续多年，依然人头攒动。好滋味，不会缺乏人气。

顺河高架桥下，有一名为"孟家扒蹄"的店铺，透过窗口的玻璃，看到里面的整洁，让人产生信任。这里上午十点以后、下午四点以后，定时销售猪蹄和排骨，看似过于自我，实则尊重顾客。给你地道的滋味，不含糊，不贪利，不求大——此店特别强调，别无分店，甚至强调，永无分店。这样的生意人，知道自己的"能力边界"，保证美味的质量和传承。

总店位于陈家楼的"净香斋"卤味店，熟肉制品十分丰富，热腾腾的烤肠味道诱人，门口总有排队的顾客，逢年过节十分忙碌。后来，陆续也有几家连锁店诞生，只要保持风味和质量，并非不能扩张。

位于泺源大街的"俊记牛肉"，当年常去购买，喜购牛的肋扇。店家相邻的照排印刷机构，以"翰林"为字号，这个行业多次迭代，印刷企业受到重创。牛肉店依然存在，人的口味是永远的生意。

大街小巷

食色，性也。

人的本性，几乎就是摄取、满足滋味之欲，食物的滋味，以及人的滋味。食物的滋味，所谓口腹之欲，由口入腹，胃消脾化，补充气血，后天之本。

"礼失求诸野"，"礼"指礼仪、礼制；"野"是郊外，泛指民间。大体可以这样解释：如果礼制、礼仪沦丧，就到民间去求访吧！

小吃求诸巷，大街小巷，各种美味，地道醇厚，不一样的滋味，一样诱人。

念清朝湖南总督周盛传及继任总督周盛波,表彰兄弟两人在山东镇压捻军之功。如今,祠庙无形,周公不见。铜元局前街,与清光绪年间的造币厂有关。当时山东巡抚周馥开办官营的铜币铸造厂,位于西门外东流水附近,后来住户增多,形成街巷,就将这条南北走向的街道命名为"铜元局前街"。

沿铜元局前街北行,有一处窗口小店,面街临河,售卖熟肉制品,摆放着扒鸡、凤爪等。我一眼看到陈列的板肚,扁扁的形态,有些惊喜,叫道:板肘!砂仁板肘!

老板纠正我:板肚!

老板的自信与自在,一声"板肚"就有了。

我并非不知板肚,只是久未见面,一时口误。此物的外皮是猪肚,"肚"读作"dǔ",就是猪胃,里面填充猪肉、肉皮及香料,包裹缝合,放入汤锅煮熟,经过老汤洗礼,捞出压成扁圆,切片食之,滋味丰富。香料以砂仁即小豆蔻为主,故曰"砂仁板肚"。

当年,我在济南八一立交桥附近上班,就去相邻的自由大街市场购买砂仁板肚。店家位于丁字路口中央,同时销售章丘特产"黄家烤肉"。板肚的品相和味道,封存在记忆里,好久没有打开了。

卤肉滋味

父母曾经住在济南甸柳小区,通向住处的东西街道,即甸新南路。

后来,本市"拆违拆临",即拆除违章建筑和临时建筑,许多临街的房屋消失。那些房屋从楼下小院扩展出来,占据街道,租给商户使用,侵占公共区域,收取房租,饱了自己。整治之后,增加绿地和休闲区,街道宽敞许多,旧貌换了新颜。第一次光顾时,竟然有些陌生,更多还是惊喜。

甸新南路中段,有一售卖卤肉的商户,所在摊位属于街道划定的规范区域,中午和傍晚出摊,是一道颇有滋味的风景。招牌书写"姥姥家的卤肉",平日女主人站摊,偶尔丈夫出面。看似并不火爆,但老主顾不断光临,卤制品不断增多,从单一的卤猪肉,到后来增加了猪蹄、皮冻、卤蛋,还有自制的小咸菜。

我购买东西,往往观察售卖者的形象,大凡衣着洁净、动作利落、言谈爽快之人,所售食品肯定不错。眼前这一对夫妻,干净利落,言谈爽快,脾气对味。丈夫看上去颇有文化气质,酷似与我相熟的一位朋友,更生好感。购买两块卤肉,选择脂肪较多的,有皮有肥有瘦,层次明显,口感丰富。购买卤猪蹄,女主人捡起一个肉烂皮松的,特地说明,一时没有留意,丈夫烧过了,反而更有滋味。她随手送一些咸菜,让我品尝,一来一去,家长里短,你说我应,于是滋味更加丰富了。

052 | 种山记

沿着朝阳街往北，就是制锦市街。在当地人的心目中，"制锦市"是一个区域，相当于一个街区，超越道路概念。制锦市街周围，早年是一处湖沼水湾，后来水面渐小，变成一片荷塘和水田，船户菜农插棘为墙，以阻路人，以保田园。棘条取自"酸枣棵"，其上多刺，俗名"棘针"。山区农民来此售卖，形成专卖"棘针"的街道，就称"棘针市"了。1921年前后，居于本街的杨明漪先生感其文辞不雅，以谐音取名"制锦市"。

制锦市街附近，有一条向西的"锦缠街"，当年我的姑姑住在这里。少年时期，从姑姑家的楼上向北俯瞰，有一处独立于楼房间的四合院，属于"民族资本家"张东木先生的居所。如今这条街道两侧，张氏家族的故居依然存在，虽然破败，但不失当年的风度和气派。记忆里，姑姑温厚贤惠，来她这里可以吃到好的食物，譬如白菜粉皮面筋炖肉。我不喜欢吃粉皮，先将粉皮吃掉，留下面筋和肉，单独品尝。姑姑以为我爱吃粉皮，就往碗里添加粉皮，我不能拒绝，就南辕北辙了。

"板肚"滋味

我手提咸菜，向东穿过周公祠街，来到铜元局前街。

周公祠街的名称，自然与"周公祠"有关。当年，这里有一所周公祠，纪

锦缠街张东木故居

三轮车即咸菜摊

　　筐市街得名于明末清初，编织筐篓的商贩聚集于此，市民所用的筐子、竹篮、簸箕、笸箩等，在此购买，因此得名。清末民初的花店街，有三个经营"京花"的店铺，秦氏家族所开，分称大花店、二花店、三花店，便是花店街的由来。

　　朝阳街知名度不大，台湾作家张大春的著作《聆听父亲》有所提及。他问父亲：你是从哪里来的？父亲说：我是从山东济南来的。张大春继续问：妈是从哪里来的？父亲说：也是从山东济南府来的。张家祖上的"懋德堂"就在朝阳街，曾有五大院落，几百口人丁，在附近开设当铺、估衣铺等商号。张大春的父亲不喜张家大院的琐碎，摆脱父母管束，先赴南京，后转上海，兵荒马乱，断了回济南的路。青岛有个文职军官的职位，于是暂且栖身。最后，奔赴海峡那边了。

　　这一咸菜摊，就是临街摆放三轮车，车上的塑料袋里装着大姐腌制的各种咸菜，五香疙瘩、糖蒜、酱辣椒、杂拌等。一位路人停下电动车购买，两位邻居在旁边聊天，大姐一边忙着买卖，一边倾听邻居的咸淡话题，也是有滋有味。

　　最初，一位朋友带来这里的咸菜，酱色充足，酱味深入，软硬适度。后来，我去美国看望儿子，问他需要什么，回答是"咸菜"，便委托朋友购买，带去大洋彼岸。当下，我购买五香疙瘩、糖蒜等。我问大姐，每日几时在此。她回答：一点到三点不在。

050 ｜ 种山记

有滋有味

见面，常问一句：吃了吗？

见面，偶问一声：吃嘛了？

一句问候背后，是人们曾经拥有的饥饿焦虑，也是疏解、释放内心的焦虑。一声问候背后，是探究吃的内容和滋味，往往发生在亲近的朋友之间。一句问候、一声问候，就是不同生存状态的呈现。

讲究滋味，要有烹饪手艺，这是滋味的可靠来源。不过，即便是手段高明的大厨，也有自己的滋味需求。我曾问一位鲁菜大厨：你喜欢吃什么？他告诉我：晚上，忙完餐馆的事情，买一袋花生米，切一块猪头肉，喝二两小酒，就是最好的滋味。

大街小巷，潜伏着好滋味，冠以共同的名字，不够精准，大体准确，雅俗共赏，老少咸宜，所谓"小吃"也。

咸菜滋味

西方人离不了糖，东方人离不了咸菜。

《水浒传》中的好汉鲁智深，在寺庙充和尚，一日三餐素食，无滋无味，"嘴里淡出个鸟来"。口舌寡味，说明需要咸香厚重的滋味。咸菜是滋味的根本，可以下饭，姑且伴酒，聊以增味。咸对应肾，想吃咸菜，就是肾的需要。基础的滋味，来自咸；高端的滋味，来自鲜。咸和鲜，构成滋味的基本框架。

济南西门桥外，筐市街向北，经过花店街东首，周公祠街与朝阳街交汇处，有一咸菜摊。一位大姐，一辆三轮车，定时摆摊，就是街头一景。

风送寒。后来参与农事劳作，结合书本学习，明白其中道理：风可以帮助植物传播种子，也是异花授粉的媒介，更有调节环境温度和植物体温的作用。

我愿意相信，不经风吹，没有历练，就没有果实的成长和成熟。

地水火风

地、水、火、风，万物生长，于是收获。

七八株茄子，八九棵辣椒，还有十来棵西红柿，这是每年都会栽种的作物。连续几个月持续收获，茄子、辣椒、西红柿，亲眼看到，经常采摘，食用不及，时时送给朋友。

一茬茬地收割茴香苗，连续四茬五茬，原来并不知道；韭菜播种之后，很快生长出来，前面一两年不生虫子，无须使用杀虫剂等农药，原来并不知道；葫芦不但可以观赏，而且可以品尝，原来并不知道；大蒜经过完整的冬季，来年才能收获，原来并不知道；玉米可以相继栽种，高矮差异的玉米表示播种节点不同，原来并不知道；地瓜需要时时翻秧，防止秧子随处扎根，原来并不知道；豆角容易遭到虫子侵蚀，取来糖、醋和水，依照合理比例勾兑，可以用来驱虫，原来并不知道……

"我"，就是大自然的一分子，我与土地有关，与万物生长有关，与地、水、火、风有关。不要轻言保护大自然，因为曾经的远离，你需要接触大自然、体验大自然、融入大自然、尊重大自然。

因为"桃花源"，我与大自然的关系亲密起来。于是，我的"自然缺乏症"，就这样被治愈大半了。

水，并非只是用来解渴；或者说，土地同样需要解渴，土地上的作物需要水的滋养，一刻也离不开水的陪伴。一年之中，春雨贵如油，禾苗需要雨露，特定的时节，作物比人更重要。雨季到来，阴雨连天，农民无法下地劳作，盼望太阳的出现，阴阳需要平衡。冬季到来，雨水变换成另一个形象，雪花覆盖大地，呵护正在过冬的作物，共同迎接春天的到来。

水利万物，滋润大地。久旱之后，缺雨少水，地里生长的作物，如同嗷嗷待哺的小鸟，张着小嘴，期待甘霖的降临。雨水滋润过的作物，饱满、鲜活、澎湃，挺直腰板向上伸展……

太阳

连续阴雨之后，大地盼望太阳出现，我们的心情亦然。因为阴雨，不能前往"桃花源"，电话询问住在那里的邻居：地里能进人了吗？那边回答：一脚泥，进不去！

其实不必担心，雨过天晴是必然规律。雨天之后，必然升起太阳；灼热之后，必定普降甘霖。阴阳交替的变化，就是自然的节律。问题在于，我们没有依照节律生活的心态，希望需要雨水的时候天就下雨，呼唤太阳的时候日头出来——你当自己是谁呢？

太阳是火，火是太阳。

万物生长靠太阳，太阳是决定作物茁壮生长的因素之一，"之一"不是"唯一"。据说，太阳距离地球的距离，是精确到极限的，近一点则万物焦灼，远一点则冰封地球。凭借不近不远的距离，变换或冷或热的季节，造就万物生存的最佳空间。这样的力量，就是自然的力量。

有风

表弟大张住在居民楼的一层，自家小院栽种一棵冬枣树，几年没有结果。后来移到"桃花源"的院子里，任凭风吹雨打。随后的景致，一忽儿满树枣花，一阵儿果实萌发，最后只有三粒枣子长大，甚至干瘪落下，毕竟结束了不曾结果的历史。大暑之后，冬枣树仿佛又迎来一春，再度新枝满缀，又是枣花飘香。大张说：居民楼里的一层小院，窝风啊！所谓"窝风"，就是不通风，不受风，不畅风。

风对于农作物的影响，我原本没有认知，只知道夏风有凉，秋风渐冷，冬

山居随笔 | 047

后需要"间苗"，保证每棵幼苗都有足够的生长空间、充足日照和营养供给。作物生长的过程中，需要及时浇水，及时处理病虫害，及时去除杂草，还要补充肥料，更要斟酌是否使用化肥、农药和除草剂。

作物的习性、土地的特性、农业的知识，之前没有认知，如今需要学习，向书本和专家学习，农民就是专家，好农民就是"好把式"。向农民学习，需要真诚的态度，错误的种植行为，需要时时修正：放羊的大哥、路过的大婶，随时停下脚步，告诉我，你的西红柿要"打头"了，你的豆角要扎架了，你的香菜种得太密（当地发音为 mèi）了……

我后来终于明白，农民就是手艺人，农具就是展示手艺的工具，可谓十八般兵器，各有各的用处，土地就是展示的舞台——你看，大田和丘陵、墙头和屋角，大大小小的土地，农民都要利用起来，撒下种子，浇水施肥，扛着锄头，拿着镰刀，拎着耙子，展示手艺，经历万物生长，度过春夏秋冬……

雨水

整修石堰的大哥满头大汗，我递给他一瓶水，他接过来喝着，指着院内疯长的杂草，说道：荒了。农民所说的"荒"，有庄稼人不勤快的意思。我急忙解释：两周没来，草就这么多了。大哥回应：雨季来到，两场雨就这样。

春天杏树早发芽

生命绽放向日葵

送重光兄等朋友，他们同样愿意了解土地和农业，希望通过自己的劳动，体味土地给予的回报。

几十年来，因为与土地的疏远，自己相当于罹患"自然缺乏症"。与土地结缘，亲自动手种植作物，与当下的食品安全有关，与自己亲近自然的愿望有关。亲近自然的愿望，亲近自然的行为，首先源于认知的改变；而认知的改变，与年龄有关，与心态有关，与一位叫"老子"的古人有关。今天，我们暂且不说古人，就说大自然的地、水、火、风。

土地

"立秋"已过，尚未"处暑"。

一位农民大哥扛着锄头走过来，隔着围栏对我说：地瓜的田垄太窄，你得往上培土，两边的土堆上去，田垄厚实一些，下面的地瓜才能长大。

随后，我拿起铁锨翻土，一左一右堆到垄上，田垄高大厚实起来。院子附近，一位大哥正在修筑石堰，我上前指着自己的田垄问他：这样行吗？这个时候再弄，晚了吗？大哥回答：行，不晚。

一粒种子，埋入土地，可以发芽，然后生长，最终结出果实。土地的巨大能量，原本以为自己知道，其实并不清楚。一粒种子播种之后，首先发芽，然

山居随笔 | 045

地水火风

　　植物生长的重要因素，所谓"地、水、火、风"。地是厚德载物，水是天降雨雪，火是阳光，风是流动，并且传播种子。在"桃花源"生活，水是生命之源，这点体会最深，既要天赐雨水，还要人工补水。供水没有问题，才能及时浇水，使作物呼吸舒畅，苗壮成长。

物候

　　我通过孔夫子旧书网，购买《二十四节气与农业生产》一书，了解物候方面的知识。此书 1964 年由农业出版社出版，中国农业科学院农业气象研究室编写，定价数角，如今十元购得。

　　有了南部山区的第二居所，可以栽种作物。借鉴书本知识，来到新华书店，寻找种植方面的书籍，遍观书架之上，绝大多数竟是"反季节"栽种的书籍，风气使然，作者眼里只有产量和市场。关于土地，关于季节，关于农作物最基本的种植方法，这个农业大国曾经累积的经验，竟然少有人关注了……

　　这本五十年前出版的《二十四节气与农业生产》，整理各个地区《主要农作物发育期和农事活动一览表》，第一区是东三省和内蒙古北部，第二区是河北、山西、陕西三省北部及内蒙古南部，第三区是山东、河南、山西南部、陕西中部、江苏北部、安徽北部地区，第四区是江苏、安徽、浙江、湖北、湖南、江西及福建北部地区，第五区是四川、陕南地区，第六区是福建南部及广东、广西地区。该书以节气为线索，列举气候状况、作物发育期及农事活动，对于缺乏农业种植知识的人，可谓弥足珍贵。我将图表复印几份，分

044 | 种山记

再说山上记忆，好在手勤，笔耕不辍，已有一百多篇"山居随笔"，存于电脑之中，随时修改，补缺拾遗，更新记忆。

论及风景，家中四处，也有山上的痕迹。地藏菩萨像前的莲蓬，以及花瓶里的蒿草，从山上移至室内，继续蓬勃。一株冬枣树，曾经开花，也有结果，后来罹患"疯枣病"，生命不可挽回，只能结束一季生命，保留主干和侧枝，去皮净身，打磨光滑，寻来一个带孔金属地盘，插入枣树的树干，南山风景归于舍内了。

土地

扪心追问家族的历史，祖父曾经拥有土地，父辈刚刚离开土地，我本就是农人的后代，只是重新亲近土地。

几年以来，充满兴奋，总是好奇，消耗体力，获得认知，流淌汗水，收获果实，结交新朋，饮酒诵诗。向书本学习，这是我一贯的认知途径；向农民请教，这是平日最为直接的受益；向土地致敬，这是大自然给予的馈赠，不偏不倚，不生不灭，不垢不净，不增不减。

土地厚德载物，胸襟宽博。于是，列夫·托尔斯泰说：如果我有丰饶的土地，我谁也不畏惧——哪怕魔鬼。

后来，我与朋友聊天，常常感叹：唯有土地，只要付出，就有收获。除了土地，其他任何付出，所有人事，并非能够有所回报。当然，这里所说的回报，是正向因果，而不是负向的报应。

所谓土地，不是你热爱不热爱的问题，你热爱，她在那里；你不热爱，她依然在那里。土地，说到根本，就是人的归属，心的归属。吾心安处是吾乡，土地就是心的故乡啊！

架上葫芦天边日

下山

　　冬日下山，回到城里，端坐舍中，四顾并沉想，有山上的记忆，有山上的风景，有山上的给予。

　　先说给予，"冬雪雪冬小大寒"，从"立冬"到"大寒"，山上的收获始终陪伴，岂不快哉！蔬菜果实一类，尚有萝卜三种，青的、白的、红的，杂色相间，食之可以祛除风寒，可以上下通气。还有绿叶白菜，俗称"天津绿"，与萝卜一起，是老百姓保平安的日常食物。佛手瓜容易保存，摘下两个月，表皮虽有皱痕，但不会伤及内里，还有充分的胶质。地瓜、芋头和南瓜，也是冬日好物，煮了、蒸了，可以大块进食，养胃通肠。土豆和洋葱，冰箱之中储存许久，土豆已经冒芽，食之需要处理嫩芽。大葱、大蒜和香菜，提香或点缀菜品，山上移栽下来，大葱埋入花盆，大蒜储在冰箱，香菜切碎冷冻，随时可取、可吃。当初收获的几茬玉米，一部分磨成玉米面，可以煮粥贴饼子；一部分直接冰箱冷冻，随时蒸煮食之。秋天收获的秋葵，以及淡黄色的秋葵花，煮过装盒，冰箱冷冻储存，准备送给喜欢此物的朋友……

042 ｜ 种山记

上山下山

冬至之前，一阳未生，寒冷浸骨，人也寂寥许多。

除去日常工作，就是读书写作，或看体育比赛转播，网上遛遛，少了朋友聚会，日子沉闷一些。就问自己，想干什么？

——想上山了。

上山

冬日的"桃花源"，没有作物生长，并无果实收获，究竟惦着什么？

想一想，心里惦念的，就是土地。原本拿笔的手，近年握锄拿锨，也是技痒，希望与土地打交道。翻地挖土，除草浇水，面对无言的土地，似乎诉说，仿佛倾听。如今自己的双手，略有结茧，土地给予的印记，结实而明确。

冬日上山，冻土覆地，铁锨锄头无法施展，除非穿越冻土层，触动松软的内在。石榴树或葡萄树，包裹着草苫、草绳，不见曲直身姿。也有不怕冻的，杏树、核桃、柿子一类，枝干在空中纵横，只有笔画，不见满树芳华了。

冬日即景，还有实在的生命：大蒜极力伸展绿叶，煞是小小英姿；香菜依依婀娜，内在一派强劲；菠菜坚韧地抵抗，仿佛弱不禁风，来年春风化雨，焕发一派翠绿。

来到山上，停驻半日，有无言的交流，有生命的迹象，有树枝的伸展，有欲罢不能的干活冲动。刚好还有冬日暖阳，正有一幕蓝天，就是别样的风景，不枉上山了。

继续加温。如果希望味道更加丰富，可以加入少许麦片和红糖，南瓜玉米麦片粥就做成了。

自己种植的洋葱和胡萝卜，洋葱阳气十足，不惧冬天的寒冷；胡萝卜个头不大，小人参般模样，味道十足。从农贸市场购买牛蹄筋，每斤五十元。事先炖好牛蹄筋，放置一宿，牛蹄筋与浓汤融为一体。此时炉灶点火，铁锅加油，煸炒洋葱丁和胡萝卜丁，蔬菜表面焦黄、体积收缩之后，加入牛蹄筋及块状浓汤，略微加水，烧至开锅，放入鲜酱油、少许盐，点缀香菜，即可出锅。牛蹄筋富含胶原蛋白，洋葱和胡萝卜已经入味……

佐餐小菜，咸菜必备。白萝卜是自己种植的，杏仁是自家的小杏剥出来的，购买五香疙瘩、莲藕、花生米、带皮五花肉，材料齐备。油热之后，煸炒肉丁，加入五香疙瘩，放入藕丁和白萝卜丁，还有事先煮熟的花生米，依照食物的不同特性，依次添加，一起煮制。

周六一餐，颇多甘甜，南瓜、地瓜、胡萝卜，自带糖分。甘甜益于脾胃，腐则益肾。于是，豆腐乳和臭豆腐，登场亮相了。

甘受和，白受采

曹丕《与群臣论被服书》曰："三世长者知被服，五世长者知饮食。"穿衣吃饭，三代五代积累，才能通晓。陆游《老学庵笔记》记载宋人谚语，"三世仕宦，方解着衣吃饭"，也是这个道理。

《礼记·礼器》记载："甘受和，白受采。"唐代经学家孔颖达先生解释"受和""受采"之意，"甘为众味之本，不偏主一味，故得受五味之和。白是五色之本，不偏主一色，故得受五色之采。以其质素，故能包受众味及众采也"。

一口粥，一碗菜，一片面包，一块地瓜。吃饭属于大事，关乎健康，关乎生命。烤地瓜弥漫着香气，南瓜粥温暖着脾胃，牛蹄筋增加胶原蛋白，煮咸菜补充咸味，豆腐乳补益肾气。还有，关掉手机和电视机，一心一意吃饭，不想吃的时候，停止咀嚼吞咽，是否剩下食物，全由脾胃做主。

京城自称"红叶"的大夫总结：中国人饮食，有三个主要规律。第一点，就是甘受和，白受采。所谓的"甘"，就是米面和谷物这类主食，甘甜的东西，能够调和胃肠的功能。第二点，就是"鲜"和"香"的阴阳布局，香不离火，鲜不离水。第三点，就是注重"滑"，滑的食物往往富含胶原蛋白。同时，还有一个传统饮食习惯，就是饭菜交替入口，这样益于消化。

穿衣吃饭，寻常事情。日常生活，其中有"道"。

遍有每日两餐的习俗，这大概与农业社会的劳作形态有关：早上干活回来，吃一顿饭；下午劳作归来，补充一些饭食，一日两餐。

平常日子，我和妻子经常放弃晚餐，看似佛门居士的规矩，实则就是健康需要。如果午饭有所剩余，就在傍晚吃掉，并不浪费食物。如果没有剩余，干脆不吃晚饭。不耐饥饿的时候，补充干果和水果。

减少饮食之后，我的体重有所减轻，一度增高的血压恢复正常，身子轻便，肌体功能增强，心情变得舒畅。

一餐

周六上午一餐，早上七点忙碌，九点开始进餐。

因为自己动手，所以丰衣足食，全部绿色食品。选择个头偏小的地瓜，清洗干净，放入烤箱，二十分钟之后，渐有香味出来；地瓜翻面，继续烘烤，烤地瓜就成功了。烤地瓜的皮和瓤分离，可以剥皮食用；地瓜局部烤成焦黄，味道更香。烤地瓜的同时，妻子自制一个小面包，放入烤箱，早餐的食物更加丰富。所谓"香不离火，鲜不离水"，食物的香，需要借助烤、炸、煎、炒等火的功力；食物的鲜，需要借助蒸、炖、煮等水的滋润。

将蒸熟的南瓜切块，放入小锅，加水少许，用搅拌器打成南瓜蓉，然后点火加温，这是南瓜粥的基础。玉米面加水搅拌，南瓜蓉开锅之后，倒入玉米面，

拔出来的白萝卜

甘受和，白受采

《黄帝内经》曰：五谷为养，五果为助，五畜为益，五菜为充。气味合而服之，以补精益气。

种地

南部山区，一个院子，一畦菜地，亲近自然。四季种植，持续数年，耕读生活，不但心向往之，而且亲力亲为。

我们的第二居所，所谓"桃花源"，原本就是一个桃园。四季种植，开春种植土豆、菠菜、小白菜，初冬收获佛手、扁豆、白菜、萝卜，亲手种植，时常打理，应季蔬菜，常年食用。"五菜为充"，十分丰富，经常送给周围的朋友。"五谷为养"，栽种玉米、地瓜、紫薯、大豆、芋头、南瓜等，玉米属于粮食作物，其余兼有蔬菜和粮食的双重作用。"五果为助"，院子里栽种杏树、柿子、石榴、无花果等，满足一部分水果需要。"五畜为益"，自给自足并不容易，邻居饲养着山羊、兔子、鸡、鹅等，鸡来我们附近觅食，偶尔走进院子，至少"五畜为邻"了。

两餐

周末双休，每日两餐，过午不食。

往远处说，据传商代就是每日两餐，称为"大食""小食"。往近处说，二十世纪六七十年代，我随姥姥在舅舅的单位生活，妻子跟随父母在野外地质队生活，周日食堂都是只供应两顿饭。据说，五六十年代的山东济宁等地，普

038 | 种山记

济南所谓的"甜沫"，就是一种作料丰富的菜粥。首先煸炒白萝卜丝和豆腐条，然后加水，放入事先煮好的花生，待其开锅，放入小米面，加入粉丝；开锅之后，多煮一会儿，关火的同时，加入白胡椒面和香菜，我和母亲一人一碗。清炒佛手瓜，将佛手瓜切丝煸炒，放入泡透的海米，起到提鲜的作用。我带来妻子烙的两个面饼，锅里熥熥，就热乎了。还有早市购买的咸鸭蛋，摊主是干净利落的中年妇女，蛋黄已经出油，蛋清不是太咸，入口最是合适。

简单的饭食，母亲总是夸赞，总说"好吃好吃"。母亲原本没有兴致做饭，如今独自生活，更是无趣，即使原本擅长的家常便饭，也渐渐忘记应该怎么做了。其实，我心里知道，母亲在意与子女共同就餐的感觉，此刻，她不孤单了。

不食

一日三餐，或一日两餐，天天都要吃饭。

偶尔断食一天，这日一天不餐，让脾胃休息一下。

这一天，不用做饭，用身体想想人生。

玫瑰花恋金银花

聚会

朋友前来参与劳作，少则七八人，多则十几人。户外聚餐，呼朋唤友，一起吃饭，气氛热烈。

开春时节，甚是热闹。一个冬天，人们相对憋闷，需要唤醒身心，于是伸展筋骨，纷纷来到我们这里，参与阳光下的运动。开春的农活，主要就是翻地，劳动量大，因为气候适宜，没有蚊蝇，属于最好的劳作时光。男女搭配，老少咸集，关键还是劳动力充足，感觉不到累了。

柴火炖鸡，是南部山区所有饭馆的"主菜"。朋友特地带来"走地鸡"，有人担当大厨，有人主动烧火，炊烟袅袅，香味四溢，这是聚餐的"硬菜"。其余小菜，就地取材，野菜担当主角，茵陈炒鸡蛋，苦菜蘸面酱，荠菜做个汤。妻子用艾叶制作青团，呈上一份江南点心，味道更加多样了。

陪伴

父亲离世之后，母亲独居，生活简朴，吃饭更是凑合。有一段时间，早上或者中午，我时常前去母亲家中，陪她吃饭。

吃饭之后，"午时"这个时辰，对应"心经"。我躺下休息，卧在床上，小睡一会儿。

小餐

每周的双休日，我和妻子前往南部山区的"桃花源"，那是我们的第二居所，也称"别院"。这里有一处木屋，一方小院，一块土地，一片大自然。小院相邻"大孤堆山"，登高望远，气象万千，心胸开阔。

亲近土地，劳作为本，出一身汗，透着爽气，食欲自然而生，不是"到点吃饭"，而是"我要吃饭"。吃饭不是大事，而是常事。平日在此吃饭，一般带些熟食和面食，尽量简化做饭的程序。妻子擅长面食制作，面饼、面包、大包子，不在话下；花生米、松花蛋、咸鸭蛋一类，是佐餐配酒的佳品，时时必备。点燃柴火炉子，烧开水、下面条、炒青菜、拌黄瓜，简餐就是便餐，便餐就是方便，更是顺应自然。

啤酒总是常备，劳作之后，大汗淋漓，端一大杯，大口饮酒，感觉特别解渴，甚至解乏。日本人说：劳作之后的啤酒最好喝！

南山别院，充分活动身体，溢出汗水，收获果实，感恩土地，领悟自然的巨大能量，给自己另外一种人生。朋友颇有羡慕，微信里说：这才是生活！

柿子坠落宣纸上

做做饭，想想人生

做饭，属于基本技能。

不会做饭的人，不喜美食的人，很难说热爱生活。

早餐

早餐，冬瓜木耳鸡汤、辣椒丝拌豆腐皮、玉米面南瓜粥，主食是烙饼。这样拉开架式做早饭，持续很长时间了，一是南部山区"桃花源"的收成丰富，二是近期一日两餐，过午不食，早餐愈发重要。还有，起床也早，时间充足。

这样的忙碌，其实"忙碌"并不准确，而是松弛；其实"松弛"也不准确，而是自恰，张弛有序。这时，手机播放张大春先生的音频节目，或者聆听王玥波先生的评书，也是学习了。一个小时，做好早饭，香气弥漫，余音绕梁，不绝于耳……

午餐

办公室与所住小区相邻，午餐时间，步行只用五分钟，可以回家吃饭，非工作餐了。妻子颇有闲暇时间，认真做饭，尤擅面食。主食米饭，白米之中加入少许红曲米，红色点缀，既要味道，也要视觉。蒸菜有益健康，茄子切片铺底，上面放着带鱼和肉片，清蒸十分钟，带鱼新鲜，猪肉丰腴，味道复合。不过，今年最后一季的茄子缺少水分，口感偏硬，妻子自言自语：这菜不太成功啊……

来自表弟大张的小院，原在居民楼的缝隙中生存，几年下来，开花不结果，如今枝繁叶茂，不知能否焕发生机，结出硕果。

一棵无花果，来自朋友小马家中阳台，个头不大，长势很好，已经结出十个果子。一棵小杏，超市购物的赠品，商家赠送这种树苗，几乎无人领取。我们得到这一枝小杏，种下了，养活了，绿叶葱葱了。

一棵石榴树，来自集市商贩，卖家很会自夸，仿佛今年栽种，就可结出石榴，至今没有新生绿叶，不知能否成活。一棵柿子树，同样来自集市，不见新绿迹象，细枝还有柔性，也许可以成活。四棵金银花，集市购买的时候，高度三十公分左右，看似都是干枝，春天绿色萌发，三棵得以成活，已经绿意葱郁了。

一棵老桃树，去年冬天别人弃在园区，我们感觉可惜，移到院内栽种。当地农民告知，桃树的树龄大概只有十年，这棵已有七八年，不可能结果了。移栽的时候，得到一位老农指点，区别阴面、阳面，确定树的朝向，固定根部，包裹树干的切面，然后充分浇水。今年春天，新绿萌生，老树新枝。至于是否结果，自觉并不重要。

厚德载物

如今，社会畸形，认知谬误，急于索要回报。

近来，我们栽种蔬菜，播种粮食，移栽树木，终于体会到农人的感受：埋入土地的种子，施到地里的肥料，身上洒下的汗水，用到锄头上的力量，所有用心的照料，一定有所回报。

亲近土地，付出汗水，看到作物生长，迎接作物收获，可以真切地感受到什么叫"生而不有"、什么叫"为而不恃"、什么叫"长而不宰"、什么叫"厚德载物"。

——是谓玄德。

居重光兄的妹夫前来帮忙，一起翻地。播种的间距，大约三十公分，每处播下两三个种子，以保障成活率。重光兄的儿子从北京归来，第一次拿锄头，第一次撒种子，第一次种庄稼，毕竟和土地打交道了。两周之后，玉米出苗十公分高，重光兄的妹夫提醒：玉米是大田作物，不是蔬菜，不必老是浇水，适当少些水分，便于向下扎根；关键的时候，施肥要足，玉米长到一尺高，就是关键。

谷雨时节，栽种地瓜。集市购买五十棵地瓜秧子，土地起垄之后，一一种上。一周之后，观察情况，三分之一的秧苗不够精神，浇水灌溉，再看长势，随后可以补秧，保证土地的充分利用。

一番劳作之后，我和妻子回到家里，往往筋疲力尽。儿子提醒：你们这样种地，把自己弄得太累，劳逸结合才是啊！

想想也是，所谓"耕读人家"，既要耕田，也要读书。如今前往"第二居所"，眼里看到的，全是亟待完成的农活，就把自己累着了。

树木生长

一院树木，让景致丰富起来。

六棵香椿树，是妻子的同事送的，移来之后，全部成活。一棵冬枣树，

南山移栽柿子树

栽种过于密实，一棵一棵挤得难受，缺乏阳光和风的作用，茎干细小，叶子黄绿，不够精神。多余的菠菜幼苗足够细嫩，可以凉拌，可以清炒。

一畦土豆，当初种植的时候，土豆切块，拌入草木灰，埋到地里，好久并未出苗。如今长到二十公分高，总共四五十棵，一派苗壮成长的景象。半畦大蒜，去年初冬栽种，冬季用草苫子保护，有阳光又有温度，得以安然过冬。如今，大蒜长到四十公分，足够粗壮，尚未抽薹，据说抽薹之后二十天，可以收获大蒜。

茄子、辣椒、黄瓜和西红柿，属于最为常规的蔬菜，年年种植。集市购买秧苗，根据种植季节，分批栽种。韭菜和小香葱，起初总是柔弱细小，仿佛弱不禁风，实际不惧风雨。茴香苗长出幼苗，小柳叶一般的两片叶子，随后生长的叶子，就是那种散开的花叶了。南瓜、葫芦、丝瓜等藤蔓作物，借助院子一周的围栏，向上攀爬，景致别样。

粮食生长

玉米、地瓜一类，姑且就算粮食了。

清明时节，开垦新的地块，宽约两米，长约二十多米，以便播种玉米。邻

蓬蓬勃勃卷心菜

早春绽开金银花

　　蒲公英也称"婆婆丁"，嫩叶可以食用，凉拌或者做汤，晒干可以泡水，有清热解毒的作用。蒲公英风姿绰约，头上长着许多无柄小花，小花结出一粒粒果实，随风而逝，播种去了。清明过后，"灰灰菜"出来了，"蓬蓬菜"也茁壮起来。据说，灰灰菜含有特殊物质，有人食用之后，感觉皮肤不爽。蓬蓬菜开水焯过，凉拌食用，放点儿芝麻酱，味道更可口。

　　野菜并未大量种植，从源头上说，与野菜的食性有关。大量种植的农作物，往往食性温和。野菜大多呈现偏性，偏阴或偏阳，或寒或热，并不适合大量食用。许多野菜入药，如车前子、茵陈等，就是利用它们的偏性。没有人工干预，野菜选择野蛮地、肆无忌惮地生长，野火烧不尽，春风吹又生。

蔬菜生长

　　劳动节之后，蔬菜进入旺盛生长期，呈现如下景象——
　　一畦小白菜，种植过于密实，一棵一棵挤在一起，空间不足，需要"间苗"，也称"疏苗"，保证幼苗的生长空间和营养补充。多余的幼苗可以食用，虫子啃食的小洞，也是不用化肥、不打农药的证明。一畦菠菜，如同小白菜，

万物生长

立春，四季来复。
春天，万物生长。

野菜生长

荠菜是北方春季第一波野菜，可以包饺子、包馄饨、煮菜粥、做汤。荠菜口感偏于紧实，包饺子、做馄饨时，可以放点肥肉，或加入鸡蛋、木耳，让口感更加顺滑柔和。荠菜与蛤蜊、鸡蛋同炒，这样的搭配，味道特别鲜美。荠菜应当及时采摘，否则开花变老，不便食用了。荠菜的根须特别长，挖荠菜的时候，根留地里，便于继续生长。

白蒿也叫"茵陈"，几乎与荠菜一并生长出来，据说有护肝明目的作用。白蒿也应及时采摘，有"二月茵陈三月蒿，四月割了当柴烧"一说。白蒿看上去毛茸茸的，可以炒鸡蛋、煎"咸食"——"咸食"属于当地方言，就是菜饼的意思。

荠菜和茵陈之后，车前草就冒出来了。车前草也叫"车轮菜"，叶子呈卵形，竖向纹路特别明显，据说有清热利尿、渗湿止泻的作用。车前草起初贴着地皮生长，然后向上伸展，伸展出来的就是车前子，是车前草的种子，可以入药，有利尿的作用。

一种叫"曲曲芽"的野菜，也叫"苦苣菜"，或称"苦菜"，在车前草蓬勃之后，一下子冒出来，长势凶猛。曲曲芽的叶子边缘呈齿形，味苦，蘸酱食用，或炒鸡蛋。陈忠实先生的《白鹿原》这样描写此物：地皮上匍匐着一株刺蓟的绿叶，中药谱里称为小蓟，可以止血败毒清火利尿。

山居随笔 | 029

一池绿水一碧莲

回家

回到城里，进入家中，另外一种安心。

初春时节，并非蔬菜收获的季节，好在还有些许新绿：养心菜若干，春天最早返绿，长年持续再生；苦菜若干，本是野菜，因为近日多雨，依然嫩绿；香椿芽最为丰富，院内六棵香椿树，可以依次摘取；十几枚樱桃小萝卜，果实凉拌，秧苗可食；蓬蓬菜若干，也是野菜，掐取嫩头凉拌，放入麻酱，口味更佳。

山居几日，回城数天，时空变换，心随物转。果有一日，物随心转，山城无碍，幸莫大焉。地承天雨，木受阳光。天地的赐予，有容乃大，总是这般慷慨。

鱼缸

山居生活，除去耕作，还有景致，也是自己在意的。

院子门口，南北两侧各有一棵核桃树，去年移来栽种，今年开始结果。南侧这一棵，树干向南倾斜，需要加以校正，采取"石头压坠法"，就是寻找一块大石头，找来粗大的绳子，一头捆上石头，一头系在树干上，通过移动石块，调整树干的倾斜度，固定石头的位置，解决树干倾斜的问题。院内还有一棵小柿子树，栽种时手指粗细，如今已是原来的三倍，满树花朵盛开，树干略微倾斜，如法炮制，采取"石头压坠法"，继续正树正身。

院内水龙头周围，备有四口大缸，还有几口小缸，埋入地里半截，或者栽种水培作物，或者储水浇地。一口陶瓷大缸，原本盛放面粉，城里人家弃用，辗转来到这里，置入荷花，放入鱼儿，有荷有鱼，也是一景。另外一口瓦缸，原本就是鱼缸，缸底几道裂缝，可能向上延伸。妻子发现之后，寻来堵漏之剂，动手抹缝修补，其中小鱼暂时寄放另一瓷缸。瓷缸内部深褐颜色，不便对鱼的观赏，瓦缸修补事毕，再请小鱼归位。

重光兄那边一直备有鱼食，妻子取来，给鱼喂食。鱼儿争相觅食，小嘴吧唧吧唧，甚是可爱。鱼儿欢喜，我们喜欢。

堵路

周五晚上来此，夜宿一晚，总有雨水相伴。近日或阴或雨，没有阳光，土地潮湿泥泞，不利作物生长，无法下地干活。如今颇具农人心理，如果不能干活，一直闲着无事，反而心中不安。

周六下午三点，决定开车返回，又有雨水降落。尚未驶出园区，突然遇到一辆工程车挡住去路，上前询问得知，此车突然停电，司机师傅正在那里摆弄，看来不能马上解决问题。我与妻子手执雨伞，园区闲逛，察看种菜的温室，观看蓄水的鱼池，观望入住的人家，欣赏在建的别墅，消磨时间。

随后，返回车辆堵路的位置，没有看到司机身影，听说他去更换电瓶了。两眼望穿，终于看到司机飞奔回来，换上电瓶，登上驾驶室，再次启动，还是没有半点动静。司机无奈，电话联系修车的行家，对方让他开车去接。看到此情此景，我和妻子返回自家院落，只能耐心等待了。

下午五点左右，再次过去察看，工程车还在那里，好在修车师傅正在忙碌。十几分钟后，司机再进驾驶室，工程车终于启动了。

土，在播种玉米种子的位置踩一脚，因为种子上面泥土厚重，玉米出苗的时候，先向土壤下面寻找空间，起到深度扎根的作用。

长势良好的土豆，高的足有四十公分，矮的也有二十公分，需要继续培土起垄。土豆这类根茎作物，培土起垄就是保湿保墒，给根茎果实提供宽松的地下空间。如今新的起垄方式，不是先起垄再种植，而是先挖一条土沟，沟中栽种秧苗，随着秧苗的成长，及时培土起垄。如今，土豆即将开花，需要更高、更宽的田垄。我用镢头翻起土豆两边的土壤，围拢到土豆根部，两行土豆共用一个宽大的田垄，总共三条宽大的田垄，安插六行土豆，看上去很是壮观。妻子表扬我：越来越会干活了！

地瓜秧苗二十公分高，同样需要培土起垄。我用锄头蹚起两侧的泥土，左边一趟，右边一趟，再左边一趟，再右边一趟，以为可以完成培土起垄工作。这时，一位正在种植玉米的农人走过来告诉我："你的田垄太小，不够宽大，不能保湿，多亏今年雨水充足，否则你的地瓜秧子就耷拉头了。"

我虚心接受，重新培土起垄，加宽、加大田垄。我后来寻思，根据秧苗的生长周期，多次培土起垄，肯定是可以的。但是长期以来，地瓜作为农村的低级作物，农人往往希望一次劳作，基本到位，随后也就疏于管理了。

南瓜开花有精神

乒球大小，取出来咬一口，肉肉的，不够脆，微辣。妻子用"间苗"的方式拔出一部分，樱桃萝卜和萝卜秧都可以食用。

大豆全部出苗，小鸟频频光顾，还有散步的羊群，有些豆苗成为它们的食物，需要马上补种。南瓜出苗三棵，生长在围栏外面，有足够的蔓延空间。丝瓜刚刚出苗，用力顶起头上的小泥块，阳气实在充足啊！秋葵散布在院子的不同地方，见缝插针，东一棵西一棵，随处可见初生的秧苗。一小片草莓，结出几个果实，只是还没有变红，红了，就被小鸟抢先啄食了。

田垄

春天是种植季，田间管理最为精细和忙碌，谁也不敢怠慢。

玉米的播种，采取"分期错时"播种法，第一批已经出苗，随后播种第二批，还有第三批等待种植。分期种植的方式，能够延长收获周期，在一段较长的时间内，随时可以吃到新鲜玉米。播种第二批玉米之前，我在玉米地里锄草，看上去并不高大的杂草，完全揪出来察看，根部的长度达到三十多公分，根深叶茂，野火烧不尽，春风吹又生。为了播种玉米，我用锄头蹚出一条土沟，沟里浇水施肥，妻子将一粒粒玉米种子播下。播种结束，覆盖泥

玉米拔节长得快

山居随笔 ｜ 025

的角度和深度，可以去除地里深层的草，铲除杂草的根部；锄刀深度入地，带动整个锄头深入土层，可以起到翻地的作用，替代铁锹和镢头的部分功能。农作物生长起来，需要除草兼培土，锄头是当之无愧的重要角色。一边用锄头锄草，一边用它翻起泥土，堆到作物的根部，一举两得。有时候，向左或向右旋转，调整锄刀与土地的角度，就是将锄刀斜着使用，用锄头在地里蹚出土沟，用于播种或栽秧，可以代替镢头的作用。

由锄头的使用，联想到笔和枪，都是手上功夫，需要"掌握"。关于中国书画的毛笔使用，我的挚友徐行健先生常说：笔笔中锋。言下是说，笔笔中锋是书画正道。我的长辈栾明贤先生是书法行家，用笔灵动，擅长行草，常用侧锋。有人说：用笔如用枪，布局如布阵。冷兵器时代用长枪，不只是直刺，还有扎、缠、拨、劈、挑、崩、拦、拿、搭、圈、扑、点、抖等。

徐皓峰先生身兼作家和导演，撰有小说《道士下山》，陈凯歌先生依此拍摄电影。小说中，道士何安下与形意拳奇人段远晨，把酒欣赏《兰亭序》帖。段先生说："我虽非世家，却知道王羲之的笔法。笔法就是枪法，枪杆就是笔杆。"史料记载，王羲之写字"入木三分"。古代的字写在木条、竹简之上，王羲之写字的墨迹可以渗透到木条深层，说明书法与枪法相通。何安下认真看去，小字里有三米长的大枪扎来挑去。《兰亭序》帖三百二十个字，犹如三百二十位形意拳老师，要教自己。

李仲轩口述、徐皓峰撰文的《逝去的武林》一书，说到书法和运笔，有这样一段：书法要空抡，在下笔前，要有不落在纸上的动作。如写一个小字，空抡时大横大撇，是写大字的规模，只不过落在纸上的是一个小字——这是"字"大于形。

作物

柿子树开花，草莓变红，大豆、南瓜、丝瓜、秋葵等全部出苗。樱桃萝卜小而且圆，外红里白，开始结果了。在地、水、火、风的作用下，在施肥、除草、灭虫的管理中，植物开花结果，或开花不结果，看似平常，实有学问。做一个农人不简单，总在学习中。

柿子树开花，绿色的萼片托着四片花瓣，厚厚的蜡质的花瓣张开，露出里面的花蕊，花蕊如一根根竖立的丝线，用力向外伸展。柿子树上布满花朵，在枝干和叶子之间，满眼望去，星星点点，该不会全都结出果实吧？

樱桃萝卜在土地里酝酿几十天，粉红的小萝卜露出地面半个圆形，近乎乒

山居

我有"别院"，居于南山。

山不在高，称"大孤堆"山；地不足亩，可以耕作种植；水不盈潭，好在长流不断；室不开阔，大于一丈四方。朋友说，总是看到你忙碌的身影；自己表白，农活是永远干不完的。园区自誉，题名为"桃花源"，并刻石矗立。虽则俗气，也有半点相关。或有闲暇，驱车至此，大汗一通；没有闲暇，心驰神往，好生顾盼。

传统中国士族，耕读传家，一笔一锄。近年握锄耕作，手有老茧，除去掌心，攀上指肚了。用过的锄头，也懂得珍惜，平日沾上泥土，就用石片拭去，再用杂草擦抹，保持锄头的干净。这样的爱惜，如武人擦枪、如文人净笔，心系此物了。

锄头

农人的锄，文人的笔，武人的枪。这一日，我头戴一顶草帽，肩扛一柄锄头，从玉米地里走过来。妻子说：像个农民了。

本是拿笔的手，没有弄过枪，今来握锄了。这锄总长一点六米，木质握杆一点二米，铁质套杆四十公分。前端的铁质锄刀整体呈梯形，竖长约十公分，锄刀前端宽十八公分，锄刀后部宽十三公分。握锄在手，三年有余，刚刚摸出点儿门道。农人的锄是惯用的农具，扛一柄锄是典型的农民形象。

农具细分，有锄头、铁锨、耙子、三齿钩等，最方便、最应手、用途最多的，非锄头莫属。锄头在地面平直滑行，可以清除地面的杂草；略微调整锄刀入地

山居随笔 | 023

一树石榴映碧蓝

务外游，不知务内观。外游者，求备于物；内观者，取足于身。取足于身，游之至也；求备于物，游之不至也。"于是列子终身不出，自以为不知游。

列子被老师一顿训斥，明白自己并不知道"游"的道理。

关于出游，我们跳不出古人的境界。

其实，可以远行。

其实，不必远行。

风景，就在心里。

大蚂蚱正在产卵

两棵芭蕉树，只在适合的季节成为风景，另外的季节保存能量，一样树木，两样风景。一棵特别幼小的杏树，看似特别柔弱，她的成长过程，需要经历多少的风雨啊！

树木，品种很多，景致不一。大多本是很小的树，植树节前后，或集市买来，或朋友送来。有人说，这般小树，需要多久才能长成、才能结果啊！起初也觉得太小了，应该买更大的，早遮阳，早结果，现在却想，慢慢来，陪她们长大，也不错呢！

今人古人

"桃花源"，一片山，一块地，一个小院子，四季变化，万物生长，看到不一样的景致：柿子、高粱、芝麻、香菜、萝卜、大蒜、大白菜、山药蛋等，红、黄、白、绿，构成迷人的风景，可以亲近，可以静观，可以用心体会。

《列子》是道家的重要典籍，相传是战国时期列御寇所著。南怀瑾先生著有《列子臆说》一书，以下片段，来自列子和老师壶丘子林的对话——

初，子列子好游。壶丘子曰："御寇好游，游何所好？"列子曰："游之乐所玩无故。人之游也，观其所见；我之游也，观之所变。游乎游乎！未能有辨其游者。"壶丘子曰："御寇之游固与人同欤，而曰固与人异欤？凡所见，亦恒见其变。玩彼物之无故，不知我亦无故。

黄""秋盈""秋满""秋色""秋疏""秋淡"。一组高粱的照片，逆光的剪影，题名"高粱和风""高粱和光"。美丽的野草，秋风轻拂，称为"草影""风影"。其实，这就是秋天的颜色和景致：蓝天里的黄色，光影里的简疏。

秋天的日光里，一个人忙碌，小院里，有风，有人。

十天前种植的大蒜，一部分出苗，抹出点点新绿。两周前栽种的香菜，如今顶着两个小叶片，缀着新绿。三周前栽种的菠菜，绿叶更加晶莹。适时播种的萝卜，青的、白的、红的，还有紫的呢，纷纷结出手指大小的萝卜。韭菜阳气十足，割了一茬，诱发更大的生长能量，一簇一簇嫩绿又长成了。

还有，院子里一只大蚂蚱，尾巴和腹部插入土中，看似正在产卵，轻轻触碰，依然淡定，想到南怀瑾先生所说的"得定"。每年夏天和秋季，是蚂蚱繁殖的季节，交尾后的雌蚂蚱把产卵管伸入土中，产下约五十粒卵。白色和黑色的山羊，在放羊人的驱赶下活动，地面的绿草几近消失，羊儿抬起前肢攀在树上，啃吃上面的绿叶。鸡在阴凉处歇息，因为人的到来，有些警觉，看到没有冒犯的意思，依旧懒洋洋地"躺平"了。

农人的身影，随时可见，似乎永远在忙碌。典型的画面，就是一个人肩扛一把锄，男人或者女人，老的或者不老的，路过园区，下地干活，然后回家，吃饭歇息。再过几十天，地里没有农活，冬天的农闲时光到来，就是一个长长的"假期"。随后迎接春节，再到正月十五，过完元宵节，迎接新的种植季。

这样的风景，我之前从未见过，一是没有机会看到；二是依据从前的心态，这样的风景明明就在眼前，也不会关注。用"没心没肺"来形容，也许很过分，也许并不过分，也不知道当时的心思在哪里。

这边风景

三棵金银花，丛生的那类，枝蔓伸展得特别长。最初，就是看似干枯的三株小树枝，如今长成弥散的风景。一棵冬枣树，从居民楼之间的狭窄处移过来，经受风吹雨打，如今开花结果，树形向外扩展，也是风景了。

两棵石榴树，秋天刚刚栽种，使劲浇水，终于萌发绿叶，有待长成风景，好在已经绿意盎然了。朋友当初送来六棵香椿树，春天萌发绿枝，秋天又被唤醒，再接再厉，绽出新绿。

一棵柿子树，春天移栽过来，一直不见绿的消息，秋天终于绽出绿叶，焕发生机。一棵栗子树，春天绿了，随后绿色凋落，秋天又绿了，头顶的绿变成底部的绿，重新萌生初心，也许很长时间，才能长成期望的风景。

这边风景

大多数人以为，风景在远处。

于是，有点儿钱，有点儿闲，人们纷纷远行，开车、坐车，或者乘坐飞机，旅游去了，远行去了，看风景去了。

远处风景

国庆节长假，拥挤的场面，因为资讯的方便，可以看到：鼓浪屿排队两小时，日光岩眺望五分钟，站在海拔九十二点七米的"高峰"，远处的景致，似乎看到了，其实并未亲近；买票进入故宫，你一动不动，后面的游客就会推着你，把所有重要的景点全部玩完；在三亚的大东海景区赏月，人散去之后，三公里的海滩上留下五十吨生活垃圾，最后出动六百人，整理两小时，才把这片海滩清理干净……

往远处行走，见识没有见过的景致，没有什么不对。不过，你容易忽视了近处的风景——近处的风景，你用心留意过吗？

近处风景

秋天的午后时光，一个人行走，阳光里，山坡上，有风，无人。

柿子的景致、高粱的挺拔、野草的旖旎，在"桃花源"后面的山上看到了。随手拍一组柿子的照片，金黄色的，蓝天衬托着，树上几乎没有树叶，题名"秋

山居随笔 | 019

树树秋声山色寒

　　栽种萝卜三年，绿萝卜、胡萝卜、白萝卜、紫萝卜，先后尝试，图个新鲜，屡有收获，每年的收成不同。之前未曾见过的紫萝卜，同样没有吃过，收获之后特别欣喜，通过快递寄给北京的叔叔，大家一起分享。去年的萝卜收成最差，据说当地农民种植的萝卜，收成也不好，不知种植背后是否还有"年景"这个大自然的规律。

　　茄子、辣椒、西红柿、黄瓜、茴香苗等蔬菜，已经种植三个年头，收获一茬接一茬，采摘时间较长，可以保障日常的蔬菜需要，属于生活之中常见、常新、常吃的蔬菜。

　　栽种土豆两年，第一年种植紫土豆，还是图个新鲜；第二年种植常规的黄土豆，回归平常作物。第二年的土豆收成更好，个头较大，纤维较少，口感很糯。土豆储存起来，当作冬天的蔬菜。

　　今年第一次种植大豆，大豆的长势不够强壮，收获的大豆质量不好，多有病虫害的痕迹。

　　蔬菜收获数量集中、品种丰富时，就给朋友送菜，也是"种瓜得豆"的意外欢喜。妻子的朋友黎莉姐在楼下候着，她说：我在等自己的"菜"。

　　肥料的储备，浇水的及时，人力的投入，以及年景的不同，让我们感受到大自然的神奇。与重光兄、郭玲、孙哥、刘冰等朋友一起种植的过程、一起度过的时光，让我们劳动着、说笑着、分享着……

　　种瓜得瓜，有时还会"得豆"。

辣椒

今年栽种多个品种的辣椒：柿子椒一种，果实碧绿肥厚，口味不辣，与鸡蛋同炒，最为家常；灯笼椒一种，上粗下细，长度适中，外皮较薄，一般不辣，偶有辣的；长辣椒一种，当初购买秧苗，询问农民是否属于"半辣不辣"的品种，如今结出的果实，有的不辣，有的较辣，剖开辣椒嗅其味道，可以推测辣的程度；还有一种辣椒，长、细、尖的样子，看上去就是性格火热，肯定够辣。

辣椒成熟的时候，两头出现卷曲的样子，一是辣椒尾部卷曲，二是辣椒蒂把卷曲；反之，如果辣椒一副直挺挺的样子，意味着尚未成熟，辣劲不够。辣椒生长进入末期，果实开始减少，用当地老百姓的话说，就是"到末了"，"末"就是"末了"，作物的生命就要结束，辣椒的味道也就不辣了。

妻子的三姨曾经说：人老了，就不辣了。

肥力

种地种菜，需要肥料。

开春时节，重光兄联络卖家，购买一车牛粪，我们两家共用。后来感觉数量不够，再度购买十几袋牛粪，补充地力。朋友送来一些鸽子粪，这种一飞冲天的禽类，能量特别强劲，肥料颇有力度。朋友还养了几只鸡，平常喂鸡的食物是蔬菜和粮食，这样的鸡粪没有添加剂和抗生素。之前几年种地，不用化肥和农药，并未充分施足农家肥。今年开春，多种肥料合力，给土地添加旺盛的能量，期待更大的收获。

如今，肥料的作用已经显现。围栏之上悬挂的豆角，长度达到八十五公分，接近一米；通身绿色的黄瓜自然下垂，长达五十公分，口感嘎嘣爽脆；最长的苦瓜三十五公分，翠绿细长——农贸市场如此长度的苦瓜，往往粗壮许多，大抵就是化肥催生的样子；最为粗壮的西葫芦，长度三十多公分，重达三斤，相对两人的食量，需要一切为三，分食多次……

年景

栽种西红柿三年。第一年，西红柿长得特别好，农民路过，口中都是称赞的腔调。那一年，负责建设园区的张工程师主动过来指导，亲自给西红柿"打头"。随后两年的西红柿，没有第一年那样果实累累、鲜红诱人。

卷心菜

今年，我们第一次栽种卷心菜，属于新的种植体验。原本打算栽种菜花，购买秧苗的时候，种植时令已经过去，只能购买卷心菜秧子。关于种植，咨询卖秧苗的农民，他们总是回答两个字——好种。卷心菜成长起来，便有小虫子出现，卷曲的、肉肉的那种，夹在菜叶之间。妻子很有耐心，用镊子一一取下，其实很难完全去除，虫子自有隐藏的手段。卷心菜长成大大的个头，最后收获的时候，有的卷心菜满身孔洞，甚至被虫子吃掉三分之一，咬食的痕迹非常明显，还有虫子遗下的粪便，说明虫子一直伴生。

收获卷心菜的时候，并未连根拔出，根部和老叶子留在地里，原本打算给朋友留作喂鸡的青菜。两周之后发现，在叶子和叶子之间，生出许多个小卷心菜，一圈老叶子包裹着六七个，如同一个个小花蕾，新的生命生长起来了。最终，收获两大包老叶子，还有一堆小卷心菜，一并送到朋友家中，告诉他们，老叶子用来喂鸡，小卷心菜可以用来做菜。

雨露滋润禾苗壮

种瓜得豆

"种瓜"，有时就会"得豆"。

寻一处田园，觅一方恬静，得半亩土地，抹一身泥巴，出一通汗水，呼一圈朋友。"种瓜"的同时，往往"得豆"，收获意外的欢喜。

黄瓜

那年，在济南西营镇的集市购买黄瓜秧苗，待到结出果实，发现是一个个胖胖的黄瓜，表皮呈现深浅不一的绿色，是一种从未见过的黄瓜。有人说这是"王瓜"，有人说是胶东黄瓜，也有水果黄瓜的说法。当地农民说，这是"碌碡锤"黄瓜，形如碌碡。碌碡是一种石制圆柱形农具，中间略大，两端略小，拉着碌碡绕着一个区域旋转，用来碾平场地，或者压轧谷物，在北方农村大量使用。所谓"碌碡锤"黄瓜，就是附近农民对这种短粗黄瓜的称谓，以形状物，易识易记。

一般的绿色黄瓜，近年曾经栽种，不知是种子的原因，还是肥水不足的缘故，黄瓜总是弯曲短小，与超市和农贸市场的比较，一副拿不出手的样子。今年的"碌碡锤"黄瓜改头换面，果实长而且直，粗而且绿，数量明显增多，需要及时采摘，还要尽快送人，大丰收了！

还有一种黄瓜，果实短粗，长度适中，介于"碌碡锤"黄瓜和绿色黄瓜之间，成熟初期呈现浅黄色或白色，随后丰满粗壮起来，就会变成深黄色甚至红色。重光兄自己育秧这个品种，然后广为栽种，如今果实累累。

山居随笔 | 015

围栏，重整小家园。

地瓜是瓜，埋在地下，通过绿叶判断下面的生长状况，我颇有扒开一探究竟的心思，终究还是作罢。照料地瓜的时候，"翻秧"成为习惯动作，将地瓜的秧苗从左边掀到右边，又从右边掀到左边，一是不让秧苗随便扎根，二是让两侧的土地接受阳光照射，给地瓜以太阳的力量。

西瓜，偶然相遇，无心插柳。或是吃西瓜的种子散落，生出枝蔓，攀缘而出，穿过围栏，进入玉米地，生出三个小西瓜，错落排列，属于小个头的品种。后来相继摘下，切开西瓜，看到中间一坨红色。吃的人说，清香甜脆，好像从前的味道。

豆角开花有神韵

心情

看天，知道秋了；蓝的，有白云飘动。

蓝天白云当背景，葫芦花和绿叶当前景，拍出来的秋天，特别美丽。

美丽，就是一种心情了。

小荤，不色。

如今，二十几个红的、六七个绿的，放入上衣口袋，酸枣跳跃着，随我回家。

景致

瓜秋，小院里的景致可人。

丝瓜果实，长的、短的两种，没有及时采摘，竟然胳膊般粗壮，大得吓人。食用丝瓜，炒鸡蛋或者烧汤，丝瓜最后入锅，存其柔嫩的秉性。围栏上、竹竿上，丝瓜攀缠上去，扭捏出一段风景。

超市里的黄瓜，正直顺溜，个头高挑。听说使用"顺溜剂"，可能属于激素一类。入肚的东西，不想纠结，很难不纠结。自然生长的黄瓜，有直的、曲的果实，曲的那种，往往一头粗一头细，粗的那头生籽儿很多。据说，因为雌花受精不完全，瓜的顶端产生种子，营养物质积累在此，导致果肉组织特别肥大，呈现粗大瓜头。

葫芦也称"瓠瓜"，嫩的可食，类似冬瓜的吃法，去皮，去瓤，可炒食，可包饺子，做大包子，大多数人并未吃过。如今，葫芦挂在围栏，大而重，多而沉，暴风骤雨的日子，竟然压塌围栏。我们花了不少功夫，割下葫芦，支撑

莲房个个垂金盏

瓜秋

有一个概念，叫"瓜秋"。

居于山间，手机联网《乐活》杂志，上面说：农历七月，被称为"瓜秋"，一个瓜熟蒂落的季节。俗语说：秋天常吃瓜，药方不用抓。

早上

晨间，自己的裤脚湿了半尺，是草叶上的露水打湿的。

五点半上山，山不高，不陡，不险，十五分钟到达山顶，择一处平整石块，盘腿坐下，打开手机，《心经》音乐伴随晨雾升起，李娜唱诵的"南无阿弥陀佛"、齐豫唱诵的"六字真言"，随山间轻风起舞。

闭上眼睛，没有景致，有光影，有色彩。忽一睁开，飞鸟掠过，上下飞动，有自由的弧线，倏地。

有麻木的腿脚，有蚂蚁，有飞蝇，有看似不动的树木，没有人。有雾，没有太阳，太阳在雾的后面，大大方方的，你看不见，心看得见。

酸枣

上山的路上，看到一棵酸枣树，又一棵酸枣树。

下山的路上，走到酸枣树跟前，摘一点儿红的、熟的，这样的不多，大多青涩，熟的被别人摘走了。去年摘过一些，放入白酒浸泡，渐红的颜色，清新的野果，别致的味道，山地的记忆。请朋友饮下，还能说些酒色故事，

张、繁忙，起到劝阻的作用。侄女看到朋友繁忙的状态，看到病人对大夫的期待和依赖，特别认可这种高强度、高效率、最紧张的工作，反而更加坚定学医志愿。于是，试图劝阻侄女的朋友，成为侄女眼中的榜样。医生工作的辛苦和劳累，还有病人的认可和信赖，正是侄女渴望的平常和价值。

生活是分为不同阶段的，所谓平常，也许就是价值所在。

种植日

10 月 6 日，寒露之前，我们前往"桃花源"，栽种过冬作物。

我们带去购买的大蒜种子，种植一畦大蒜。首先将一头大蒜掰开，将一个蒜瓣按入土中，间距大约十五公分，依次播种。种植半畦香菜——如今香菜多是菜肴的点缀，不必栽种太多。首先将香菜种子混合泥土，放入塑料袋内摇晃，让泥土包裹种子，然后播撒在地，再用耙子散开种子，平整土地，让种子均匀分布。种植半畦菠菜，菠菜与香菜形成一畦。这类过冬蔬菜，扎根的力量强大，可以抵抗寒冷，明年初春再度萌发，就是春天最早的绿色蔬菜。播种之后，地面淋水，保持土壤的湿润；如果缺乏雨水，浇水不够及时，就用草苫子覆盖，起到保湿的作用。播种的时候需要基肥，事先平整土地时，混入晾晒的鸡粪，起到增加地力的作用。

远离城市，来到乡间，享受天高云淡，大抵属于一类人。具体来说，一家一户的，全家三代来到这里，其乐融融；成双成对的，夫妻两人来到这里，你耕田来我织布，我挑水来你浇园，其意浓浓；还有一个人在这里忙碌的，另一半或者没有时间，或者没有兴趣。所谓同频共振，就是节律合拍。一个人辛勤种地，另一个人认为弄脏衣服，辛苦自己，就是两人错位了。

两个人走到一起，节律合拍，或大致合拍，蛮有难度。概括说来，一是价值观相同，你一生究竟想要什么，似乎每天的生活并未触及，其实就在身边，价值观是生活的"里子"，看不见，最关键；二是审美观念相近，什么东西是美的，从房屋装修到一双鞋子、一束花草，大小都有审美，往往就是矛盾冲突的发起点，看得见，说得出，道不明；三是性观念，"食色，性也"，天赋人性，从意识到行为，从青年到中年、老年，两人是否合拍，不可为外人道也，甚至不可为"内人"道也。两人一个节律，千万之中挑一，可以叫缘分，可以谈因果，可以说前生今生来世。找到共同节律的方法与规则，无人说得清楚。

大葱开花亦灿烂

和文字，所谓"码字"。

两日之后，挂念作物的"饥渴"，我和妻子再度上山。

三伏天入地的种子需要浇水，种子在湿润的环境里，可以通畅呼吸，保持生长的活力和能量。已经长成幼苗的萝卜、白菜和韭菜，需要及时补水，才能苗壮成长。给瓷缸里的鱼儿加水，空间更开阔，畅游更恣肆。大地依然赐予，还有不少收获——南瓜、佛手瓜、韭菜、茄子、大葱、生菜、地瓜叶、秋葵、扁豆、芸豆、西红柿等。我们院子里的小圆柿子，熟透之后，软而不涩。重光兄院子里的大柿子，成熟之后，即使不软，也不涩口。

放假日，也是平常日。或山居，或会友，或读书，或书写，日子里的平静，平静里的自然。不平静、不自然的事，内心极度排斥。

关于"平常"，朋友讲过这样一件事情——朋友身为医生，切身感受到医生的辛劳。朋友的侄女本科毕业，报考研究生时调整专业，准备学医。朋友有意劝阻侄女，特地带她前往自己上班的医院，希望让她亲身体会医院工作的紧

弟弟烤的羊肉串

　　在室内准备烧烤，羊肉、羊心管、大虾、鸡翅、黄花鱼等，已经切好并加以腌制，此时用不锈钢扦子穿上。烧烤在院子里进行，先将木炭点燃，木炭红中泛白，再分门别类烧烤。一男一女两个少年，分别是弟弟的女儿和弟妹的表姐的儿子，他们来回运送食物，蹦蹦跳跳，特别欢快。烤熟一批食物，放入盘子，送到室内，大家趁热享用。弟弟带来拌藕片、香肠、红肠等凉菜，加上烧烤食物，众人大口咀嚼，甚是畅快。

　　今天带来的烧烤食物，一番风卷残云，可谓饕餮盛宴。这样的肉食为主，可以偶尔为之；素朴的天然菜蔬和谷物，才最是饮食本真。临走的时候，我们给大家准备时令蔬菜，冬瓜、佛手瓜、茄子、辣椒、柿子等，大个儿的冬瓜一切为三，大家分别带走了。

平常日

　　之后两天，我们待在城里，没有外出。

　　众人出去旅游，人口密度降低，可以四处游走。

　　一日，我步行来到徐行健先生的工作室，会同孙国章先生、张亮老弟等，聊天、谈艺、小酌。又一日，我来到刘剑老弟的工作室，与加拿大归来的陈兹兄相聚，聊天、谈艺、小酌。其他时间，我在办公室里读书、喝茶，编织思绪

山居随笔 ｜ 009

午饭之后，一起爬山，就是相邻的大孤堆山。山不在高，无人则静；路不在奇，随行则趣；没有目的，自由散漫。此处的山，少有人至。半山以下，还算有路；再往上走，就要自己择路，在乱石和杂草间跳跃。山间，尚有农人开垦的小块土地，放羊的人行到半山，转而下行。此山孤立于平地，登上山顶，四周远望，满目连绵高山，颇有胸襟开阔之感。侯明兄放眼问道：远山之后，可是莱芜、泰安地界？

下山的道路，一时没有明确方向，索性信马由缰，竟然不知归路。路上，遇到一位收玉米的农人，又遇到一位放羊人。我认识放羊的人，知道并未走远，索性在山坡上下游走，既是寻路，也是观景。看到野酸枣树，停下脚步采摘，酸枣已经红透，采摘容易扎手。路过野花椒树，驻足上前，下手采摘，收获山野风物。山上山下，遍布野生的米蒿，特别耐旱，干枯之后，依然花序饱满，色泽不减，放入花瓶，景致持久不变。黎莉姐上前折取米蒿，准备带回家中。侯明兄被狗尾巴草吸引，取景拍照，小心剪取，想象插入花瓶的效果。

临近傍晚，我们带着山野的风景、田野的绿色，返回喧嚣热闹的城市。今日收获，包括南瓜、冬瓜、瓠瓜、佛手瓜、苦瓜、生菜、茄子、辣椒、扁豆、韭菜，还有柿子、酸枣、花椒等，以及他们两人亲手采摘的地瓜叶、米蒿和狗尾巴草。

这一天，安静而且安然，没有外人打扰，没有分心的事，没有应酬的局儿。这样的安静和安然，对于侯明和黎莉夫妇来说，弥足珍贵。

侯明兄说：可以少开一天会，来山上了。

我们则住下，等候第二天来的人。

饕餮日

10月3日，弟弟一行七人，上山来了。弟弟三口，以及弟弟的岳母，还有弟妹的表姐家三人。他们带来烧烤炉、木炭，还有大量的烧烤食物，准备大快朵颐。

四季之中，春天是"桃花源"的最美季节，鲜花盛开，在院子里喝茶吃饭，不用顾忌蚊蝇的侵扰，朋友来得最多。夏天炎热，蚊蝇最多，朋友很少前来，我们一般下午过来，一早一晚劳作；早晚蚊蝇最少，依然需要防范，用苍蝇拍、粘蝇纸、花露水、风油精、蚊香等，保护自己不受叮咬，其实防不胜防。秋天蚊蝇渐少，寒露之前，苍蝇依然很多，蚊子下午出现，进行最后反扑；寒露之后，蚊蝇真正稀少。国庆节期间，属于中秋时令，还要防范苍蝇、蚊子，烧烤在室外，就餐在室内。

我们上山，纯属忙中偷闲，因为假期还有查房、值班等工作。

两人走进我们的小院，惊奇于冬瓜的长度、南瓜的数量、佛手瓜的饱满，有些欣喜了。然后，我们烧水、饮茶、聊天，喜鹊从空中飞过，柿子挂满枝头，两人体会这样的安静与超然，有些羡慕了。黎莉姐儿时随地质队生活，对乡村及田野并不陌生，母亲也有种植蔬菜的爱好。侯明兄不乏乡村生活经验，也有田间采摘的经历。今天居于山间，言及作物生长，话说儿时岁月，交流之中没有肿瘤和血液病，有些陶醉了。大家的内心深处，都有田园情结，向往大自然，平日工作过于繁忙，只能搁置一边罢了。

午餐全部是清淡蔬菜——原本特地带来的猪肉，随手取自冰箱，竟是羊肉，索性不用；这里的酱油用光，索性不用，只取咸盐；地里的时令蔬菜，添加油、盐、醋、水，蔬菜就是主角。四个菜肴：一是烩冬瓜，加入木耳和煎鸡蛋，辣椒调味，汤色奶白，一人一碗；二是拌茄子，茄子切条蒸后，放入大蒜、麻汁、醋和食盐，软糯香辣，风味自然；三是丝瓜炒鸡蛋，丝瓜刚刚摘下，盐和香油调味；四是佛手瓜切丝清炒，嫩绿颜色，也是本真，他们两人一时不能辨认。侯明兄特地带来蓝莓果酒。他是饮酒行家，问我喜欢什么香型的白酒，酱香、清香还是兼香；他是饮茶高手，提及鲜乌龙茶，未经烘焙的乌龙，冰箱冷冻储存，鲜香异常，我并不知道。

两位朋友光临了

几日

"国庆节"假期，无意远行，便择几日山居了。

顾忌行车的艰难，高速公路俨然停车场，考验你的定力，心绪渐渐不安。顾忌景区的热闹，摩肩接踵，步履凝滞，考验你的耐力，心情逐渐焦虑。顾忌荒废光阴，不如静观蓝天白云，邀约性情挚友，品味素朴滋味，或沉于"刚日读经，柔日读史"的阅读时光。

几日山居，秋天的蔬果可以收获，过冬的作物需要种植。还有，最为繁忙的一对朋友，终于抽出闲暇，应约前往"桃花源"，可以畅叙一番。另外，弟弟相约家人、朋友，准备前来，休闲放松。

安静日

也许，每个人的心里，都曾寄存一方田园，向往一处山水。

十月，相约朋友黎莉和侯明两人，一同前往"桃花源"，让最为忙碌的人放松一下。这也是他们的心愿，一路奔波，暂且驻足驿站。

侯明和黎莉夫妇都在医院工作。黎莉姐是妻子的朋友，双方父母都是地质工作者，并且是相熟、要好的同事，常年在野外工作，两家同住一排平房，两人属于儿时玩伴。黎莉姐是主任医师、医学博士，从事肿瘤诊断和治疗工作。侯明兄是主任医师、医学博士、博士生导师，是国内知名的血液病专家。无论工作日还是双休日，两人都忙于门诊、查房、会诊、会议等，几乎没有个人支配的时间。侯明兄更为忙碌，还要参加许多国际会议，上个月在美国的芝加哥，下个月就要前往德国，总是处于不断调整时差的状态。这次随同

清甜玉米最可口

近来，经常寄身南部山区的"别院"，"桃花源"里，云淡风轻，鸟鸣花香，时光仿佛凝滞，彼时关心的问题，就是"粮食和蔬菜"。

我有一所小木屋，背靠小山，面朝田野，春暖花开。

遇到野兔、山鸡、黄鼬，农民饲养的山羊，住户带来的小狗，也会随时光临。我在厨房操持午餐，突然发现小盆里有一只蟋蟀，便轻轻地端起小盆，走出屋子，让蟋蟀纵身跃入草丛，随它去了。

动物自行寻觅食物，必然伤及作物。有一种虫子俗称"蝲蛄"，啃食作物根部，殃及作物生长。如今两棵秋葵叶子凋落，只剩光杆，实是地下的蝲蛄作怪。妻子翻地看到这种虫子，它学名"蛴螬"，是金龟子的幼虫，体形弯曲呈"C"形，多为白色，食性广泛，喜食土壤里的种子、幼苗、根茎，属于地下害虫。

送菜

如今，典型的中国家庭就是三口之家，多则四口，少则两口。大多数人白天上班，午饭在单位解决，只做早饭和晚饭，每周还有外出就餐，或者外卖送餐，又要减去两三次。中国人早餐简单，豆浆、油条、煎饼果子，或者面包、鸡蛋、牛奶，多是购买早餐，一般很少炒菜。如此统计，一个家庭每周炒菜做饭，大概也就六七次，对于蔬菜的需求其实不多。

春天开始种植蔬菜，收获的季节很快到来。收获数量渐渐增多，除去我们自己食用，还有大量多余蔬菜，只能送给朋友。送菜频率较高的对象，就是妻子从小的朋友黎莉。她和丈夫都是医院的大夫，今天她正在外地开会，晚上十二点才能返回，有心收菜，却无法得到。于是，我与弟弟联系，落实送菜的地点和时间。弟弟在小区门口等着，给他们留下冬瓜、南瓜、佛手瓜、韭菜等。

晚餐

回到家里，准备晚餐。

粥饭最是养胃，事先已经煮好白米薏米南瓜粥，加热之后，放入扇贝、香菜、白胡椒粉，秋天的滋味十分丰足。茄子烧肉，茄子为主，加入少许辣椒提味，放入事先烧好的五花肉。冬瓜属于秋天的时令蔬菜，加入炒鸡蛋，放入蛤蜊肉，用蛤蜊肉和鸡蛋为冬瓜增味。今天的气温是13℃—23℃，室内温度大概是20℃，取来常温啤酒，感觉温度适中——我的肠胃是不耐寒凉的。

妻子抓紧整理收获的蔬菜：秋葵焯水，放入冰箱冷冻起来，随时可以食用；厚纸包裹韭菜，锁住水分，便于冰箱冷藏；嫩玉米十分新鲜，可用豆浆机制作玉米浆；茄子、丝瓜、佛手瓜、芸豆、冬瓜等，放入冰箱，随时随地取用。

片蔚蓝，上下疏朗起来了。随着秋季的深入，这样的疏朗持续下去，直到凋落和清寂。随后冬天到来，大地一片茫茫。

院子里的风景，柿子树就是浓重的一笔。两棵柿子树，大柿子树约有上百个柿子，小柿子树也有几十个，果实泛黄，就要变成灿烂的景致。黄色变红时摘下，可以做柿子饼。制作柿子饼的方法，何时摘果，怎么去皮，如何晾晒，如何捏拿，怎样上霜，通过网络基本弄清楚了。日本电影《小森》里的柿饼做法，已经学习过了。

石榴树上的果实，四五个特别大的，每个大概八九两，皮色开始泛红，与柿子的灿烂相互映衬。石榴也有虫子光顾，这是不打农药的结果。任凭自然的节律，没有什么结果不能承受。

动物

"桃花源"的小木屋内，常有小动物欣然光临，蜈蚣、蝎子、蜘蛛、瓢虫，均有来过。重光兄那边的屋子，甚至飞入麻雀，我们开窗、开门，轰赶麻雀出去。院子里面，青蛙、蚂蚱、喜鹊、麻雀，也是不请自来。院子外面，我曾经

佛手瓜和小蚂蚱

独现精神万绿中

部清理，看似完整的豆荚只有一大捧，妻子随后精选，还要去掉一半，近乎没有收成。一畦韭菜，上周刚刚采摘韭花，新一茬韭菜立即生长出来，可谓"苔下韭"。妻子割取一部分韭菜，在葡萄架下细细择，去掉韭菜苔，去掉枯叶，韭菜去掉一半。

收获大部分玉米，只留下围栏外面一片，便于遮挡围栏上的几个大冬瓜。玉米大多不够饱满，甚至只有大半圈玉米粒，还有虫子钻入的洞，甚至虫子尚在。不用化肥和农药，肯定影响玉米的形象和产量。总共收获几十个玉米，嫩玉米可以煮食，老玉米晾干之后磨玉米面。今年的西红柿收成很差，大概也是秧苗的问题。这时才明白，种子和秧苗是农民的命根啊！

疏朗

秋天是通透、疏朗的。

一畦看似绿叶茁壮的大豆，其实病害不轻，全部去除，没有视野上的阻挡，院子南北通透起来。一畦没有收成的西红柿，同样全部清理，拔除一根根竖立的竹竿，院子东西通透起来。葡萄架上的叶子渐渐稀疏，仰望天空一

别院

　　早上七点左右，我和妻子开车前往南部山区的"桃花源"。相对于城内居住的小区，那里就是我"耕读生活"的第二居所，或称"别院"。

瓜秋

　　秋天，收获瓜类果实的季节，也叫"瓜秋"。

　　收获，往往是意料之外的。一个长约六十公分的大冬瓜，位于院子西侧；如此大小的冬瓜还有三个，两个挂在围栏上，一个躺在地下。我在露台前面整理草莓秧苗，突然看到一个长约五十公分的南瓜。妻子表示，要等南瓜熟透再摘，那时蒸食特别甜糯。院子内外，围栏上、土地上、草丛中，大大小小的南瓜还有十几个。

　　佛手瓜也是秋天收获，天凉开始结果，收获四个。苦瓜长约三十公分，采摘五个。四个丝瓜，必须及时摘下，否则就会变粗、变老，不能食用。其余的收获，还有一小串葡萄、一小堆扁豆、一大堆芸豆、四个西红柿、六个小洋葱、十几个茄子、二十来个秋葵。

收成

　　大豆受到病虫侵蚀，豆荚看上去或有黑斑，或者不饱满，甚至有虫子；貌似完好的，打开豆荚细看，也有伤损，煮出来有一股怪味。这里的邻居重光兄分析，问题在于种子，他之前栽种大豆有过很好的收成。我们将地里的大豆全

山居随笔 | 001

目录

001 别院	有滋有味 049
006 几日	关于"噢" 054
012 瓜秋	人生最美是寻常 058
015 种瓜得豆	做点无用的事 062
019 这边风景	活得更好 066
023 山居	胖人养成 070
029 万物生长	老家有多远 074
034 做做饭，想想人生	父辈的终结 078
038 甘受和，白受采	年龄是一把尺子 082
041 上山下山	我和这个世界缘分未尽！ 085
044 地水火风	

下 卷 書畫

割一茬，很快长出另外一茬，这是蔬菜的成长；深秋的柿子树果实累累，这是果树经年累月的成长；荠菜、白蒿、蒲公英的根须很长，这是野菜成长的深层力量……

我的成长，自己看得到——认识庄稼作物了，学会使用农具了，关心天气和节气了，担心天公下不下雨了，不再讨厌牛粪、羊粪、鸡粪了。从今天起，关心粮食和蔬菜。我有一所房子，背靠大山，春暖花开，浓夏日长，秋色尽染，明月积雪，年复一年。

成长，不是一道直线。

2018年秋冬，天气日寒，冬天去了，春天没有如期到来。"桃花源"变成一片荒芜，小木屋成为一派瓦砾，风吹雨打，天地翻覆。一度寄放情感和魂魄的"桃花源"，变成废墟，只有几棵香椿树依然站立，残阳之中，迎风挺拔，仿佛欲言又止，其实默默无语。我默念南怀瑾先生的语录：物来则应，过去不留。

2019年元旦，一场不可逆转的变故袭来：共同耕种收获、听风沐雨的妻子突患重疾，与病魔对抗九个月，撒手人寰。忽而，"桃花源"崩塌了，妻子没有了……妻子走后，我曾经六神无主，曾经失魂落魄，甚至感觉自己如同行尸走肉。

妻子的生命，只是行过，无所谓完成。儿子曾经这样形容妻子：这符合她的人物性格，她为做一个事，去做一个事，而不是为了一个目的，去做一个事。两者差别很大，前者近似于无为。我不知道自己这辈子，能不能有一天和她一样。

妻子来到世间，似乎没有任何功利的目的。或者说，妻子来到世间就是为了与我重逢，与儿子相遇，相伴几十年，把最为美好的年华留下，"质本洁来还洁去"。

《种山记》的主要内容，来自当初的日志，就是随时记录乡间生活，平实而琐细，日常而质朴。文字背后，藏着"她和我"，就是两个人。一个人走了，另外一个人和这个世界缘分未尽，继续成长，还要成长……

种山

"桃花源"这处居所,我们称"小木屋"。小木屋右后方一座小山,曰"大孤堆山";左后方一个小丘,即"小孤堆山"。山东方言用"孤堆""跍蹲"表示"蹲",两腿弯曲,身体蹲下,屁股并不着地。大孤堆山位于一片平地中央,登山四望,东西南北皆有山峦,此山拔地凸起,大而孤也,"大孤堆山"名副其实!

2011 年 7 月到 2018 年秋天,七年时间,利用双休日和节假日,我和妻子前往"桃花源",整地、种植、收获,赶集、买种子、选秧子、会朋友、包饺子,听风沐雨,登山远眺,观云卷云舒……

那些年,南山这一片小天地,我心驰神往。不在城里,就在"桃花源";不在"桃花源",就在前往桃花源的路上。平实、简单、质朴、忙碌的生活,使我触摸"春夏秋冬",认知"一季生命",学习"农民意识",回归"土地观念"。"渴饮饥食无别事,寒来向火暖乘凉",一辈子的生活,不就是"饮食冷暖"吗?

何谓"种山"?简单解释,就是在山上、山坡上播种、耕种,让作物向上生长。"桃花源"地势较高,倚山、背山,在此耕种,可谓"种山"。其实更深一层,种地、种山,都是在自己的心田耕耘,都是"种自己"。

种自己

所谓"种自己",就是让自己成长,成长是一辈子的事。几年前,宋遂良先生曾经说过:"我 84 岁了,还在成长,不知道 85 岁什么样子。"

在"桃花源",可以听见玉米拔节的声音,这是庄稼的成长;韭菜收

种地
种山
种自己

种地，《现代汉语词典》解释为"从事田间劳动"。

种地

所谓"种地"，就是播种、耕种于土地，让作物在土地、雨水、阳光、清风的加持下，向上生长。

2011年夏天，赵重光兄有意在济南周边寻一处"第二居所"，实现"耕读生活"的愿望。我亦有意。寻寻觅觅，最后在济南市历城区凤凰岭村"安营扎寨"，开始我们心中"向往的生活"。

凤凰岭村的这个项目，叫作"桃花源"，与王家庄北村相邻，本身并非房地产项目，属于农业观光之类。开发商从农民手里租赁土地，租给入住的客户，租赁期是三十年。初期，地上建筑物以木屋为主，客户委托开发商设计、制作、安装，所有权归客户。

当时，这个项目已有六七栋木屋落成，每家一个院子。院子大小不等，大的接近一亩，小的也有半亩，可以实现"种地"的愿望。有一栋建成的木屋，相当于样板间，两室一厅，室内面积四五十平方米，也有半亩院子。于是，我决定签订租地买房的协议，入住"桃花源"。不久，重光兄签约建房，我们毗邻而居，田间劳动，天天种地了。

养我真性

（序言）

宋遂良

这是一本有趣的书。

城里人下乡种地，知识分子学做农民，现代人要当一回古人。当然，这只是一种模拟、一种尝试、一种任性，又为何不可呢？

城市是什么？不就是水泥、电杆、钢铁垒成的高楼大厦，法律、规则、摄像头加人造景观组成的灯红酒绿吗？

追求自由、热爱大自然，是人的两大天性（另一天性是渴望爱情）。然而，紧张劳累、重复机械的城市生活，阻隔和钝化了这种天性，楼宇、商场、影院、酒店、公交、股市，夺去了人与大自然应有的亲和。

于是，王骞君在南部山区寻到一处"桃花源"，租一块土地，建一栋木头房子，亲近自然。双休和节假日，偕妻前去那里开垦土地，种蔬菜，买牛粪，选种子，搭瓜棚。种瓜得瓜，冬瓜南瓜黄瓜；种豆得豆，青豆扁豆黄豆。以无欲对抗嚣戾，用汗水洗净心污。时常，也请一些朋友前去喝茶聊天，挥洒汗水，吃自己栽种的蔬菜，饮自酿的果酒。这时，面对南山，遥望天际，就会生出许多平日没有的感悟，体验到先人生活的艰苦和内心的纯净。

生命就是过程，经历就是收获。王骞君在这里"用身体思想"，"用土地书写"，遗貌追神，撰成"山居随笔"和"山居日志"两块文章，汇成《种山记》一书，透出了许多富有哲理的启示，领会了很多古人的精妙言说，总结了不少做人和生活的修为。

天性与生俱来，真性需要修持，真心需要呵护。"失却真心，便失却真人。人而非真，全不复有初矣。"（李贽语）一个人离开城区，在"桃花源"安静下来，可以仰望星空，更多的时间在亲近大地。所谓"躬耕"，就是必须弯腰朝下，向土地致敬。这时候，就可能得到天空和大地的加持。

在中国文人的心中，陶渊明始终是一个可资参照的显著标本，昭示着对自由的向往、对大自然的热爱，更深层次的是他在"丛林社会"对尊严的孜孜追求。陶渊明描述的"五柳先生"，"闲静少言，不慕荣利。好读书，不求甚解；每有会意，便欣然忘食"，生存状态则是"环堵萧然，不蔽风日；短褐穿结，箪瓢屡空，晏如也"。但是，五柳先生"常著文章自娱，颇示己志。忘怀得失，以此自终"。

我曾应王骞君之邀，做客"桃花源"，"悠然见南山"，做了大半天的陶渊明。"桃花源"，足以拓我胸襟，养我真性。十里春风，满树桃花，如今"欲辨已忘言"也。

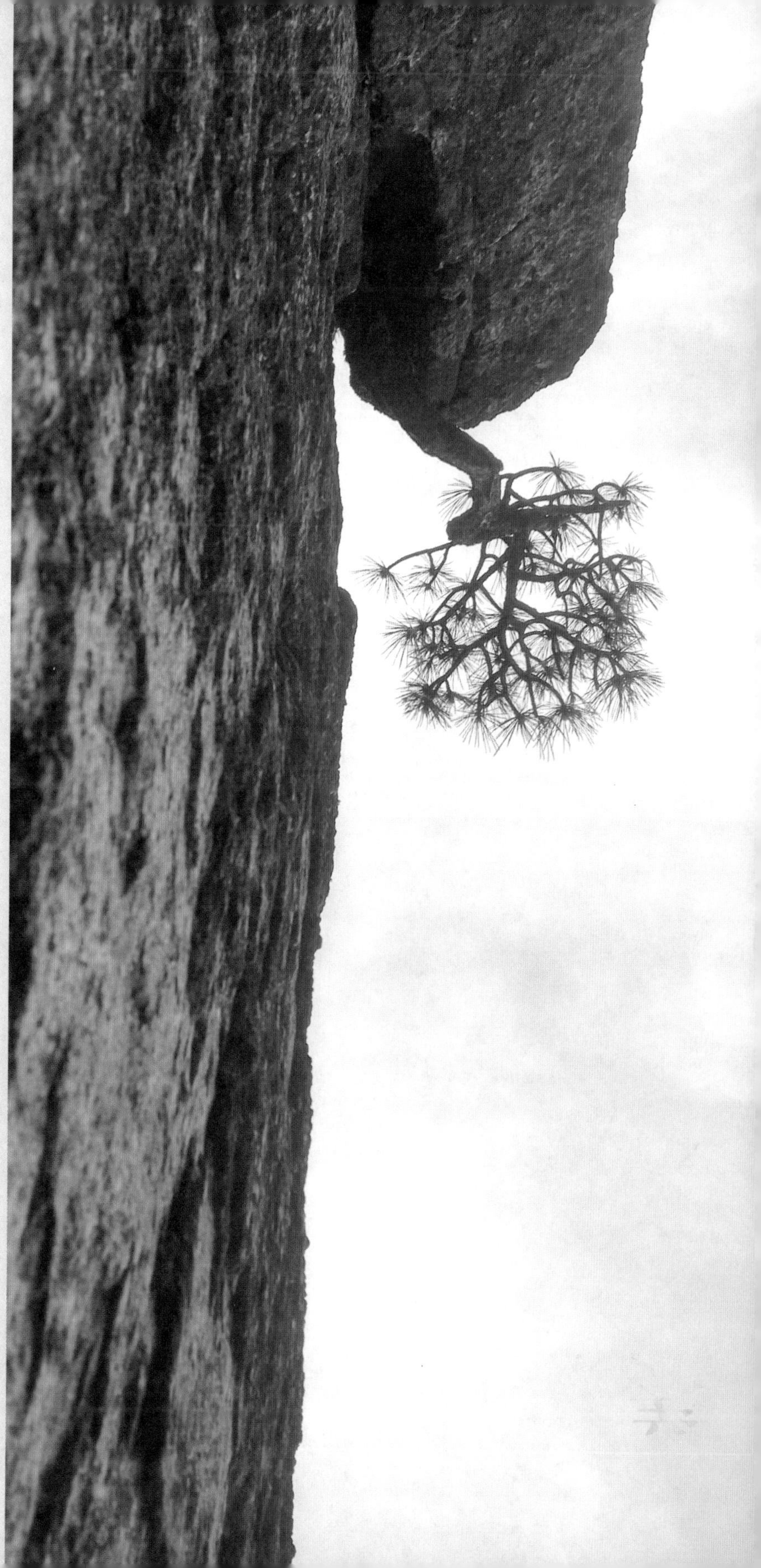